晴雪文集

李欣荣 著

中国建材工业出版社

图书在版编目(CIP)数据

晴雪文集 / 李欣荣著. —北京：中国建材工业出版社，2016.7
　ISBN 978-7-5160-1511-7

Ⅰ. ①晴… Ⅱ. ①李… Ⅲ. ①散文集－中国－当代 Ⅳ. ①I267

中国版本图书馆CIP数据核字(2016)第130883号

内 容 提 要

本书以散文的形式记录、分享了作者的心路历程。从懵懂少女到军营、警营，三十五载弹指一挥间，有欢乐，有泪水，有梦想，有追求，虽然没有惊天动地的事迹，但是每一个时期都留下了值得回味的故事。

本书编入的50余篇作品，大多数来自作者各个时期对生活的感悟和随笔，还有很多都是各个时期与时俱进的主题征文及获奖文章。

晴雪文集

李欣荣　著

出版发行：中国建材工业出版社
地　　址：北京市海淀区三里河路1号
邮　　编：100044
经　　销：全国各地新华书店
印　　刷：北京盛通印刷股份有限公司
开　　本：710mm×1000mm　1/16
印　　张：12.5
字　　数：128千字
版　　次：2016年7月第1版
印　　次：2016年7月第1次
定　　价：60.00元

本社网址：www.jccbs.com.cn　　微信公众号：zgjcgycbs
本书如出现印装质量问题，由我社市场营销部负责调换。联系电话：(010)88386906

文苑新秀
鏗鏘玫瑰

丙申季春月 马述宽题

原北京军区政治部副主任马述宽将军题字

勤能补拙

永不言败

丙申金春月山野书于京华北苑

原北京军区政治部胡万兴（笔名：山野）题字

文以载道

文之所以载道也，轮辕饰而人弗庸，徒饰也，况虚车乎？宋周敦颐《通书·文辞》

丙申年桃月赵沙书于京西自省居

原北京军区司令部赵沙题字

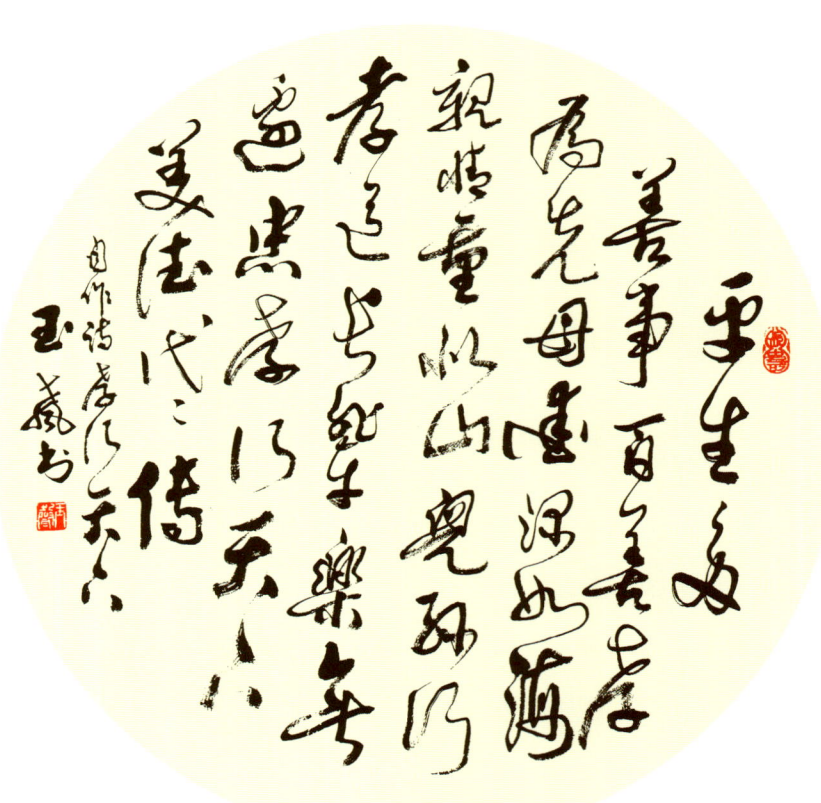

长城书画协会会员、全国书画艺术界联合会主任委员刘玉声题字

序言

经三个月时间的收集整理，成稿待印，欣荣问书名于我，一时难以为答。欣荣是非常勤奋的人，关心时事，热爱生活，时常写出弘扬正能量的作品、文章与评论，其中有些曾在一些刊物上发表并获奖。由于刊载媒体比较分散，时间跨度大；有些发表在微信朋友圈，保留时间短。为了便于阅读，我建议她汇集成册，她人如自己的笔名"西山晴雪"，思想活跃，给些阳光就灿烂，遂以"晴雪文集"相荐。

欣荣从懵懂少女到军营、警营，三十五年弹指一挥间，有欢乐，有泪水；有梦想，有追求。虽然没有惊天动地的事迹，但是每一个时期都留下了值得回味的故事。

1976年底，只有14岁的欣荣穿上了军装，脸上挂满稚嫩的笑容。从军十七载，经过军旅生活的洗礼和锤炼，使她从一个单纯幼稚的军中小丫成长为两"杠"一"星"的军官和技术干部。用精密的立体仪器测绘祖国大地，在绘图桌上刻画崇山峻岭，用不同色彩绘出万水千山。十七年的军旅生涯铸造了她坚忍不拔的性格，培养了她良好的军人素质。1993年，脱下绿色的军装，穿上蓝色的警服，续写蓝色的梦想。从警十八年，工作上扎实肯干，熟练掌握各种技能，驾驶警车、摩托车穿梭在辖区，保一方平安，有警情或突发事件，反应灵敏，受到领导和同志们的高度评价。

2007年始，已步入中年的她，才开始从事写作，仅用9年的时间，创作了大量文章，其中还不乏清新动人的诗文篇章，实属不易，其精神可嘉，其行动可赞。她始终保持着军人的素质，活跃在警营之中，以顽强的毅力、拼搏的精神，努力实现自己的梦想。文学创作是极其费心费力的事情，天分、勤奋与激情、热情缺一不可，创作需要阅历和沉淀，如果没有生活的历练与素材积累是写不出好作品的。本书编入的50余篇作品大多来自于欣荣各个时期对生活的感悟和随笔，还有很多都是各个时期与时俱进的主题征文及获奖文章，这些文章虽体裁、主题各异，文章各有千秋，但文字背后的深思冥想与推敲斟酌却是她的心路历程。过程虽然辛苦，但她乐在其中。

2012年春，十七年从军，十八年从警，工作的脚步从此戛然而止，生命的脚步还将继续，她退休后的生活一定更加精彩。冬去春来，杨柳吐绿，在这万物复苏的季节里，欣荣完成了三十五年的职场使命，从军营、警营回归到温暖的家庭，从此开始了一个女军人、女警察向温柔贤惠的女主人角色的转变。今天，她把以往所经历的、感悟的、所思所想整理出版，当看着她埋头整理一摞一摞的文稿，一起追忆往事时，我也情不自禁地被她感动了。我认为，真正决定一个人成就的，不是天分，也不是运气，而是严格的自律和高强度的付出。成功的秘密，根本不是秘密，那就是不停地做，简单的事情重复做，重复的事情用心做，如果真的努力了，态度端正了，找对位置了，目标明确了，心胸豁达了，会发现自己远比想象的更优秀。

　　人生需要沉淀，要有足够的时间去反思，才能让自己变得更优秀；人生需要积累，只有常回头看看，才能在品味得失和甘苦中升华。向前看是梦想、是目标；向后看是因果、是修行，关键在于练就一颗淡定从容的心。为丰富退休生活，今后，她要做的事情还很多，她爱好广泛，如书法、摄影、旅游、游泳、登山、在散步中思考等，当然还有更钟爱的写作，有时她席地而坐就地动笔，很多文章都是在登山散步中构思起草的。她珍惜当下，珍惜身边的人，笑着面对每一天，继续用笔书写人生。"莫道桑榆晚，为霞尚满天"！

　　李欣荣是她们同代人中佼佼者之一，和其他优秀者一样，都是"青出于蓝而胜于蓝"。我诚挚地向大家推荐这本书。学海无涯苦作舟，我也希望欣荣成书以后广泛听取同僚、战友、专家和广大读者的意见，努力提高自己的文化素养和理论造诣，百尺竿头更上一层楼，愿共为弘扬中国文化、建设美丽中国效力。

清风慕竹
二〇一六年六月十六日
于北京古北口长城脚下篁隐苑

目录

1 童年追忆
寻找童年的记忆 ·················· 3
我的少年时代 ·················· 5
昔日发小，如今摄影家 ············ 7
没有"围墙"的幸福家园 ············ 9
我心爱的衣架 ·················· 11
滑冰 ·························· 14

2 军旅生涯
军营历练 ······················ 19
三十年后再聚首 ················ 21
大山里走出的战友情 ············ 23
狼牙山下的军营 ················ 26
"八一"感言 ···················· 27
蓝天畅想 ······················ 29
练字感悟 ······················ 33

3 女警情怀
从警生涯二三事 ················ 41
新时期提高警察素质的重要性和紧迫性 ·· 52
骑单车快乐地奔跑 ·············· 54
海淀信息网建立五周年随感 ······ 56
香山——最亮丽的风景 ·········· 58
摔伤后的思考 ·················· 67
女儿的生日 ···················· 70
一次难忘的出警经历 ············ 72
元宵之夜 ······················ 76
我的休闲生活 ·················· 78
《民意如天》观后感 ············ 81
调研文章（2007—2008年） ······ 85

4 警营佳话
红叶映衬下的香山干警 ·········· 95

乐于助人的好民警 …………………… 96
　　我和我的搭档 ………………………… 98
　　欢声笑语，其乐融融 ………………… 102
　　她——成功的转行 …………………… 104
　　一位老人的情怀 ……………………… 106
　　老局长在西山的日子 ………………… 109
　　铁骨柔肠传佳话 ……………………… 111
　　一盏台灯，照亮了他的人生 ………… 113
　　首都警察的奥运情怀 ………………… 118
　　奥运志愿者专栏 ……………………… 128

5　夕阳序曲
　　我的退休生活 ………………………… 133
　　云雾茶，庐山的味道 ………………… 142
　　耄耋老人，鹤发童心 ………………… 143
　　以身作则树楷模 ……………………… 145
　　"颜老师"的家风 …………………… 147
　　京北重镇——古北口 ………………… 149
　　登古长城，缅怀先烈，重温历史，展望未来 … 154
　　我最贴心的老干部工作者 …………… 155

6　生活随笔
　　再别古北御道 ………………………… 163
　　家中的小院 …………………………… 165
　　生活就像品茶 ………………………… 168
　　写作的乐趣 …………………………… 170
　　华东三省漫游随笔 …………………… 172
　　"重阳节"你尽孝了吗? ……………… 178
　　雪花飘洒的爱 ………………………… 182
　　2016 年 ……………………………… 185
　　后记 …………………………………… 186

1 童年追忆

少年时代在北京颐和园

1

人生，
就是一场永不停歇的旅程：
用微笑、率真和爱对待每一个人，
收获旅行的幸福；
用梦想、坚定和自信给自己
加油、打气、鼓励，努力向上。
遇见更好的自己。

青年时代在毛主席纪念堂前

童年追忆
寻找童年的记忆

寻找童年的记忆

[注：此文创作于 2015 年 1 月 22 日，微信分享]

在这严寒的冬日里，我已两次来到这座钢城，漫步、寻找、寻找……

这座昔日辉煌的钢城，从无到有、从小到大的光荣历史，曾经为新中国的建设与发展做出了不可磨灭的巨大贡献，同时为石景山区乃至北京市的城市建设和发展做出了特殊的贡献，为祖国的钢铁事业创造了辉煌的业绩，优质的钢铁曾出口到五大洲……

为了北京的蓝天，首钢将生产设备迁出，可如今的北京首钢工业园已成为国际化的生态科技园区，为了保护首钢老工业钢城的历史原貌，它已列为重点保护单位，国家也为它的未来做出重要的规划定位，让我们翘首期盼这座钢城以全新的面貌展现给首都。

至于我为什么如此关注这座钢城，因为这里是我生命的起点。20 世纪 60 年代初一个夏季的夜晚，在钢花四溅的不夜城，有一座当年日本人建造的医院，随着一声啼哭，一个胖嘟嘟的小生命诞生了，给新中国年轻的建设者们带来了无限的欢乐。她，就是我。山巅上的古塔是石景山的标志，塔下有一座小院（当年的军转干部安置房），这个小院就是我幼年时幸福、快乐生活的地方。

现在这个小院已经成为首钢党史陈列馆，重新修复翻盖，作为文物保护起来（包括古塔），暂不对外开放，使我更意识

2015年10月与父母在我出生的院落原址留影（现已成为首钢党史陈列馆）

到了小院的历史价值和对我人生的重要性。所以闲暇之余，每当我走到这里，就勾起了我很多美好的童年记忆，俗话说："树有根、水有源"，我突然明白这座钢城为什么对我有如此的吸引力，因为这里是我生命的起源。

为了追忆我的童年，也为了今后出入方便，我已办理车辆出入证。有兴趣的朋友和我一起来吧，大工业时代的钢城依然宏伟壮观，走在这座钢城里面，就像时空在穿越……

我的少年时代

[注：此文创作于1989年秋，摘自档案"自传"]

我从小生活在一个条件比较优裕的家庭环境中（因为父母是双职工，子女少，在那个年代就算是中产阶级了），我们兄妹二人，父母视为掌上明珠，从小娇生惯养，我们提出的任何要求，只要父母能够做到，都尽量满足兄妹二人的要求。由于父母平时都忙于工作（母亲是单位领导），没有更多的时间来照管我们，所以小时候父母把我和哥哥送到幼儿园全托，每个星期只能接回家一次（那个年代周六晚上接回家，只有周日放假一天）。正是这种环境，从小就培养了我独立生活的能力，也为我今后的成长打下了一个良好的基础。

1970年秋，我跨进了人生的第一所学校，北京市石景山区新古城小学，从此开始了我美好的少年时代。小学三年级，因搬家按楼区划分又换到了古城中心小学。这所小学是盖人民大会堂剩下的砖瓦盖起的二层白色小洋楼，学校外观很美，二楼大厅有一架钢琴，以至于后来每当看琼瑶小说时，我就想起那座小楼来。如果说我的儿童时期是幸福的话，那么我的少年时代可以说是天真无邪、快乐自由，充满了五彩缤纷的遐想。虽然在文化大革命的动乱年代，父亲也受到了一些冲击，也被批斗过，但是我母亲很坚强，坚持带着东西看望父亲，并且照顾好我和哥哥的生活，所以，生活对于我这样一个顽童并没有带来太多的打击，我仍然生活得非常幸福（因为母亲当年掌管着副食、百货、粮油等部门，在那个年代就是"实权"人物）。

"三好学生"奖状

周岁时与父母在北京北海公园留影

周岁时的全家福（1963年北京照相馆）

上一年级的时候，我还佩戴过红小兵臂章，后来恢复了少先队组织，1972年，我光荣地加入了少先队，在五星红旗高高飘扬的天安门广场人民英雄纪念碑前宣誓入队。在小学时期，学校组织的文体活动比较多，所以，那时我们的生活也是丰富多彩、充满阳光的。不知从什么时候开始，社会风气逆转，校园里出现了"白卷先生"，批"师道尊严"的小将，这些所谓"英雄"的出现，无疑对青少年的身心健康、学习兴趣产生了消极影响，当时整个社会上学生们的学习态度一下子从重视变成了"不学无术光荣"，学校对教学质量也不够重视，用一些不懂专业的人来教学，让一些知识分子去打扫卫生、下五七干校劳动改造等，真可谓黑白颠倒。就是在那样一个批林批孔的年代，我小学毕业了。

我佩戴着"红卫兵"袖章懵懵懂懂地又迈进了中学校园（在小学上的初一，那时称带帽中学，加入红卫兵）。在中学时期，学生不以学习为主，总是大会、小会，或者学工、学农，在学校到处可以看到教育闹革命的宣传。在这种社会大环境中。1976年底，只有14岁的我光荣地应征入伍了（部队特招一批小兵，特殊年代的产物），参加了中国人民解放军，穿上了绿军装（在70年代当兵，穿上绿军装是最时髦，也是人生最好的选择），实现了我儿时的梦想，开始了我的军旅生涯。

昔日发小，如今摄影家

[注：此文创作于 2016 年 1 月 8 日，微信分享。此文主人公王守斌，1959 年出生，中国摄影家协会会员、中国摄影艺术家协会会员、中国民俗摄影协会会员，世界华人摄影协会会员，当代文学艺术研究院院士、香港现代学会高级摄影师、香港国际交流出版社特约记者、中华摄影杂志社特约记者，首钢篮球俱乐部摄影师。他的摄影作品先后在今日中国摄影比赛中获一等奖，在第四届、第五届、第六届当代摄影艺术邀请赛中获银奖和铜奖，在纪念中国人民抗日战争胜利 60 周年中华当代艺术家作品展荣获三等奖，在第二届西部专题摄影赛中获银奖，多次在全国摄影比赛中分别获得一二三等奖，在各类报纸杂志等发表摄影作品百余幅。入选《中国摄影家全集》《二十一世纪人才库》《当代华人文学术名人录》《中国专家大词典》等典籍。荣获"中华当代杰出功勋艺术家""中华金奖艺术家"等称号。]

列车在飞速地向南行驶，我沉浸在对往事的回忆中，打开手机里往日存储的照片，我还是控制不住思念孩提时代的美好时光。

下面要介绍的这个人，他是我哥哥的同学、发小，我们是一幢楼里的邻居，他家住中间单元，每天从早到晚他就像长在我们家一样，他自己调侃说他是我们家户口本的第五页。记得小的时候，当我洗头时，他总是帮忙给我往头上浇水。特别是我的哥哥忘带家中的钥匙时，也是他到我的教室找我取钥匙（因为我的哥哥比较内向、腼腆）。还记得在寒冷的冬天，我和哥哥他们在冰场上，我哥哥他们打冰球比赛，我自己溜冰玩，如果有男孩子找我的茬时（就是挑逗），准是他第一个出现在我的身边，随后就是我哥哥他们冰球队的一大帮人，会把那些不怀好意的男孩子吓跑。

首钢篮球俱乐部摄影作品（摄影：王守斌）

　　现在的他已经是就职于首钢篮球俱乐部的首席摄影师，在北京市乃至于摄影界都很有名望。2015年11月上旬，我参加了北京市公安局组织的摄影、写作等获奖人员表彰大会。会后，在小汤山休养期间，当很多摄影师提到王守斌时，都非常地敬仰他、佩服他，说他现在活跃在北京的各个大的摄影活动中或讲台上，同行们说，他非常忙碌，难得一见，在摄影界很有成就，摄影技术水平很高，理论知识与摄影作品丰富，创意新、后期制作技能强。我一听，高兴的心情溢于言表，哈哈，我们家户口本的第五页这么厉害了，这还了得。我在同行们的交流中暗自心喜，我能有这样的儿时发小和异姓兄长感到骄傲与自豪，更钦佩他的骄人成绩，祝贺你，户口本第五页老哥。

没有"围墙"的幸福家园

[注：此文创作于 2016 年 2 月 24 日，微信分享]

噢，怎么又回归了？我小时候的生活环境就是政府现在要改进的生活环境！

关于小区围墙是否要拆除的问题，这两天无论是国家住建部、电视台，还是老百姓都在关注、讨论着。最可笑的是，今天电视台里讲到国外没有围墙的好处，我听着怎么那么不舒服。

在此，我想告诉大家，我小时候生活的环境就是政府现在要改进的环境。我小时候生活在北京石景山区古城大楼，大楼外墙是红色的，四层高，一栋楼四个单元，1958 年在敬爱的周恩来总理的关心和亲自批示下，首钢总公司广大的干部职工家属们，陆续入住这片红色的楼区。这片楼房有二十几幢，当年是非常壮观的建筑群了（因为那个年代到处都是破旧的平房，灰色矮小的房子）。20 世纪 50 至 80 年代，我们楼区就没有"围墙"，楼区的旁边有幼儿园、小学、中学、首钢医院门诊部，都是政府为首钢总公司的职工子女配置的，想到哪里都是很方便的，也没有什么不安全的。楼群周边有宽敞的大马路（很长），每年正月十五都挂满了首钢各个公司、厂矿制作的大红灯笼，造型各异的灯笼满满地挂在道路两旁，让职工家属们享受盛大节日的灯会，大人小孩猜灯谜有奖活动，场面气氛非常热闹。

那时生活在这片楼房的孩子们都有一点优越感（当年这是石景山区第一批楼房，整个北京市的住宅楼都很少，并且在 50 年代入住时，楼房就配有煤气、暖气），那个年代，我们一眼就能认出楼区外边的小孩或大人，因为本楼群的住户彼此都认识，眼熟，见面打招呼，像个大家庭。我们住的楼旁边就是幼儿园，我们上学路过幼儿园时，总是趴在大玻璃窗往里看，因为里面有很多非常可爱的印尼小朋友，还有其他国家的小朋友，他们的父母都是来首钢工作的外国专家。

那个年代我们生活得很幸福，记得父母每天回来都很晚，我困了就在邻居家的床上睡了（当年七、八岁），等父母回来再把我接走。家家户户只要有人，从不锁门，邻里关系和睦，互帮互助。就连我上学都是哥哥给我报的名。父母都上班，学校到楼里来招生，哥哥看到和我一样大该上学的孩子都在报名，他顺便也给我报了名，就这么简单。哪像现在的孩子，先花几百万元买个学区房再上学，一个月各种费用几百、几千元。

我想说的是：没有围墙的楼区真的很方便，楼区四通八达，到哪里都很近。上小学很方便，几分钟就到，并且都是自己或和同学一起溜溜达达就到了，哪像现在的孩子，又是专车接送又是公交车，给家庭和社会带来很大的负担，也给交通带来不便，学生上下学时间的堵车已成为常态和城市病。

顺便说说：我小时候的幼儿园、小学、首钢医院门诊部都是用建造人民大会堂剩下的材料建成的，小学（古城中心小学）校园是一幢二层白色小楼（就像琼瑶小说里的小洋楼一样，有宽敞明亮的琴房和教室，让人浮想联翩），这些都是在周恩来总理的亲自关心下建成的。我想说的是："那个年代工人老大哥最光荣！"他们的子女都跟着光荣与自豪。

童年追忆
我心爱的衣架

我心爱的衣架

[注：此文创作于 2009 年 5 月 11 日，发表于北京市公安局海淀分局官网文学原创栏目]

衣服是越新越漂亮，古董是越旧越有价值，酒是越陈越醇香，人与人是越走动越亲近。下面我讲的是一个衣架的故事。可能人们不能理解，但我必须把心里话讲出来，才能释放这份感情。

我有一个衣架，它伴随我走过了三十三个春秋，无论我走到那里，无论是工作、学习还是生活我都会随身带上它，因为它可以折叠、随身携带方便，适合出差、外出、学习、工作、旅游等，并且实用、方便，可以放大、缩小。它是一个多功能的，颜色为绿色的硬塑料衣架。

三十多年前，我 14 岁当兵时，妈妈给我买了两个折叠衣架，让我带在身边，谁知这一带，就是整整三十三年。在部队十七年里，无论是当兵住宿舍，还是成家后我都没有丢弃过它，一直小心翼翼地使用它。1993 年我转业到北京市公安局后，先是到警校培训半年，我继续把它带到身边使用，培训结束后，我就一直把它放在单位的宿舍里经常使用它，这一用又是十六个年头。最近有一天，我在晾衣服时，不小心把心爱的衣架掉在了地上，当时就断了（由于衣架年久，塑料老化，终于经不住时间的磨损），当我看到心爱的衣架断裂的一刹那，我的心也瞬间咯噔了一下，人们常说："女人的心是玻璃制作的、易碎"，当时我真正体会到了，我的心有了一丝丝破碎，不知为什么？也许我老了。这个衣架和我的感情至深，是无法用语言描述的，

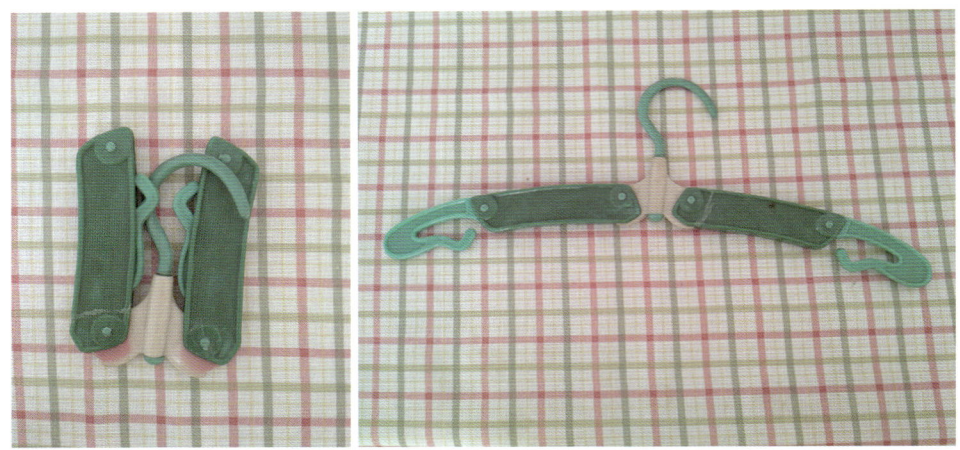
我心爱的衣架

也是无法用金钱衡量的。接下来几天,我的心里挺不舒服,甚至有一些难受,好几次我都想把它扔掉,可拿在手里沉甸甸的,一直都舍不得把它扔掉。最后经过思虑,我决定把它用胶粘好,当我拿给朋友,请他把衣架粘好时,他说:"粘好了可以,但是不能用力使用了,你那么有钱,还在乎这么一个破衣架"。我说:"这不是钱不钱的事,现在我花多少钱也买不到这么精致、实用的折叠衣架了"。这三十多年,我无论到哪里都随身带着它,使用它,总是有人夸这个衣架的精美绝伦,它的确是很精致、很灵巧、很实用、很美观,就像是一件旧了的工艺品。其实在这十几年里,我一直寻找和我的衣架相同的款式,一直都没有遇到,随着岁月的逝去,市场上早已找不到这样的衣架了,哪怕是款式接近的都难找。所以我决定把它永远地收藏在我的身旁,不会丢弃它,因为它见证了我的青春年华,它陪伴我三十多年洗洗刷刷,就像母亲的爱时刻陪伴在我的身旁。人生又有几个三十年啊?三十年峥嵘岁月,有它陪伴,它为了我默默的

童年追忆
我心爱的衣架

奉献了三十多年，我再保留它三十多年又有何妨？

通过我对衣架的感情，使我也越来越明白了那些老人们，他们不愿意扔掉那些旧家具、旧衣物也是一个道理。我不知道是我老了，还是太重感情了。总之，我太爱这个衣架了。衣架的故事又让我有了新的感悟！它又像是一位年迈的老人，当健在、健康时，我们往往忽略了老人的存在，我们都不会有意去关心老人，当突然有一天老人不在了，人们才会惋惜，才想起关心老人、关注老人、爱护老人不够，陪伴老人的时间太少了，这时才会想到老人的健在是多么的重要！

2015年夏天与母亲在小院的"爱晚亭"下

滑冰

[注：此文创作于 2009 年 1 月 20 日，汇编入《警营絮语——海淀公安网民警原创文集》]

晚间新闻正在播放什刹海冰场热闹的场面，冰场上穿着绚丽服装的人们有的在翩翩起舞、有的在飞速的滑行，远远望去，就像一束束盛开的花朵，煞是好看。据冰场负责人介绍，冰场上溜冰的人数大概有四千多人……

当我在电视上看到冰场里那么多人在寒冷冬天里溜冰的壮观场面时，记忆的闸门瞬间打开，脑海里回忆起三十年前的往事。当年的我，也是一个酷爱滑冰的姑娘。每一年的冬天，身穿国防绿军装的我都出现在溜冰场上，我有意选择这个时候休假，是因为冰场上有我的哥哥和他的朋友们。那时哥哥的花样滑冰是冰场上的一景，他的花样滑冰舞姿优美、潇洒自如，且冰球打得也不错，还是业余冰球队的成员。哥哥有一张白净的脸、清秀、爱笑，体形健美适中。当年他在冰场上潇洒和热情奔放的身影赢得了众多姑娘的芳心，在当年众多青睐他的姑娘中，就有我现在的嫂子，是滑冰这个运动使他们走到了一起，当然还有他们共同的事业、共同的理想（哥哥、嫂子都是医务工作者）。

想想当年的我不仅是一名怀揣梦想的妙龄女子，还是一名年轻的解放军战士。因为酷爱滑冰，每年的冬天我都和哥哥一起到冰场滑冰。每次滑冰我们兄妹都是冰场上最受关注的人，因为哥哥的花样滑冰非常出色，我又是身穿军装的小女兵，当年女兵是非常值得骄傲的身份，我的出现也不时地引起了小伙

童年追忆
滑冰

《警营絮语——海淀公安网民警原创文集》封面/发表文章

　　子们的关注，有些人还故意在冰场上撞我，此时哥哥的好朋友王守斌一直在暗中保护我，他看到有人故意撞我后，马上滑过来，挡住别人，让对方离我远一些，当对方有些不服时，哥哥的一大帮朋友都会出现在我的身边时，对方无奈地、知趣地滑走了。大家也立刻散去了，哥哥他们又恢复了冰球大战，我又自由开心地滑冰了。这件事已经过去三十多年了，现在想起就像是昨天的事情，哥哥的同学王守斌如今已是一位知名记者、大摄影师了，从小到大他一直照顾和让着我哥哥，这令我们家人一直很感动！

　　现在想想，滑冰的那几年是我一生中最快乐、最阳光的日子，生活中无忧无虑，没有任何牵挂。记得有一年冬天，我和战友平凡一起到北海的冰场滑冰、一起到舞厅跳舞，那时我们都年轻，

作者与战友平凡合影

她比我大三岁，当然也就比我成熟多了。当她第一次走进舞厅、第一次走上冰场时身边都会有我的陪伴。也就是从那时起我们的友谊坚守了三十多年，直到现在我们的关系也是战友中走得最近的，生活中经常通话，我们是无话不谈。说实话，我开始写作也是跟她有关系，因为我的战友中她是比较喜欢写作的，也是比较浪漫的，在部队时我们就经常朗诵诗歌、散文，那时部队经常搞联欢。

近年来我的战友们都开始在博客里写起了文章，他们通过博客抒发感情、抨击时癖，好不热闹。我呢也是"近朱者赤"，这两年我也开始了写作，平凡是我忠实的读者，也是能给我提出宝贵意见的诤友，我们互相学习、互相鼓励、互相切磋，我们彼此支持着对方在文学创作的道路上勇攀高峰，恰似当年在冰场上互相勉励着，绽放出冰上奇葩。

2 军旅生涯

1988年授衔留影

2

恋上绿色,
绿色或许是世界上最纯粹的色彩,
因为那是生命最初的颜色。

1986年到总参测绘局进修学习留影

军旅生活
军营历练

军营历练

[注：此文创作于1989年秋，摘自档案"自传"，包括新兵连生活、在职培训、各专业转换等]

1976年底我光荣入伍，在寒冷的冬天，开始了新兵连生活。每天在操场上训练，刺骨的寒风把我们一群女娃娃的脸吹得毫无知觉，早晚洗脸刷牙用的都是冰冷的地下井水，每顿饭都是冻了的大白菜（一百多人的征兵名额，却招了三百多人，伙食标准急剧下降），那个年代很少能像现在这样，冬天能吃上可口的新鲜蔬菜。新兵连还经常在半夜里搞紧急集合或者点名。1977年2月，我们终于度过了紧张的新兵连生活。新兵连的生活是艰苦的，但是苦中有乐，虽然短暂，但新兵连的艰苦训练却为我今后的军旅生活打下了坚实的基础，就好像万丈高楼平地起，任何一个真正合格的军人都是从新兵连起步，开始他精彩的军旅生涯。现在回想起来，我这十七年的军旅生涯，新兵连的生活算是最艰苦、最值得回味的了。

入伍后，我曾三次上学，1982年4月至12月，在北京军区测绘教导大队进修、学习航空摄影测量专业（提干前脱产学习），1984年4月至1986年5月上中专两年（干部在职全脱产学习，解放军测绘学院老师任教），1986年11月至1989年11月上大专三年（干部在职培训，半脱产学习，解放军测绘学院老师任教）。通过六年的学习，我对航空摄影测量专业有了全面的了解和较为深刻的认识，不仅巩固了专业知识，还提高了专业技能。六年的学习期间，三年全脱产学习，三年半脱产学习，无论遇

作者（中）到总参测绘局进修学习时留影　　　　中国人民解放军测绘学院留影

到怎样的困难，我都能够正确处理好学习与工作、学习与家庭的矛盾，认真刻苦、虚心请教，把所学的知识应用到工作中。在十几年军旅生涯中，我所操作的测绘仪器种类较多，由于不断地学习和充电，给我在接受新仪器、新技术方面创造了良好的条件，比如说，我入伍后最早使用的仪器是多倍仪，由于这种是光学仪器，不精确，这种仪器很快被淘汰，我又很快学习和掌握了X-3精密立体测图仪器的性能和使用方法，成为最早一批使用X-3仪器测绘的技术人员，也曾经多次担任教员为单位新来的学员（大专生、中专生）授课，培训了一批又一批的测绘技术人员。随着国防测绘事业的发展，我国又引进了德国的精密主体测图仪托布卡。为了掌握新仪器、新设备，跟上形势发展需要，我们技术人员不断地学习，提升业务和技术水平。在任务紧、技术力量不过关的严峻条件下，领导派我去外单位进修学习，我又很快掌握了新的测绘仪器的使用方法，回到工作岗位上，出色地完成了工作任务。

十七年的军旅生涯，使我从一名普普通通的青年逐步成长为一名合格的军事测绘技术干部。为测绘事业尽了我的一点微薄之力。

军旅生活
三十年后再聚首

三十年后再聚首

登城楼游故宫

[注：此文创作于 2014 年 6 月 27 日，微信分享]

看，这就是我们当年部队的老中队长，他站在天安门城楼上挥手致意，他的身姿、风度像不像当年的接班人，他们可是老乡哦，都是山西人，我看有几分像。2014 年 6 月 22 日，我陪同三十年前在部队时的老领导参观了故宫、天安门城楼，他虽已"奔七"，却鹤发童颜、精神矍铄，迈着矫健的步伐，登上了天安门城楼，他那充满活力、阳光般的笑脸，也感染了在场的所有战友。为了迎接战友聚会，为了安排老领导到北京后的游览参观活动，我多方联系，为此安排了进入故宫、天安门城楼的直达通道。到了故宫门口，我们直接将车开到了故宫里面，老领导和战友们都按捺不住心中的喜悦。参观完故宫，我们又行使了仅有的一次"特权"，直接把车开到了天安门城楼下面，战友们都露出了会心的微笑，高兴的心情溢于言表。过去到故宫、天安门城楼，我从来都没有直达过，这一切都是为了年近七十的老领导方便，这一次战友相聚也让我感到欣慰和满足！但是我没有半点炫耀的意思，只是想表达我对老领导的敬重，因为我退休了。我知道现在在职的很多领导干部非常的谨小慎微，不敢越权半步。在此，我非常感谢我的同行们，我为有你们而骄傲与自豪！为了我们战友在北京相聚，你们默默地为我所做的一切，我深表敬意。

战友小院叙友情

[注：此文创作于2014年6月29日，微信分享]

当年的中队长站在天安门城楼上挥手致意

与战友游览故宫

三十年后战友再聚首

三十八年前，当我还是个懵懂少年时，是照片上的这几位领导和大哥引领我并开启我的梦想之旅！尽管当时我还是个孩子，他们总是教育我、引领我，让我打好人生的基础、学好专业知识，要以崭新的军人姿态迎接美好的未来。

在当战士的那几年里，几位领导让我刻苦钻研业务，使我的业务、文化知识、自身素质、综合能力得到大幅度提升，为提干、上学打下了良好的基础。想想当年我们挥洒汗水和泪水，默默奉献青春和热血，展开理想的翅膀，将专业、职业、敬业融于生命中的岁月……。如果说我的一生中小有成绩，那么我要感谢在座的几位伯乐。张天喜是我人生中的第一位领导，是他让我的人生起步很好、很稳、很高。战友赵沙是我的书法启蒙老师，我的"练字感悟"文章在北京市公安局征文活动中获"一等奖"，内容就是写赵沙及战友，当首都公安报和我约稿时，要附上一幅字，当时我在外地，就借用了赵沙的"道法自然"，现在我将它挂在我的书房里。三十五年后我们再聚首，欢聚一堂、共叙往昔。

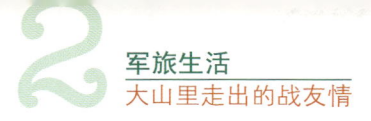

军旅生活
大山里走出的战友情

大山里走出的战友情

战友情　姊妹谊

［注：此文创作于 2015 年 8 月 1 日，微信分享］

　　三十多年前，我们在狼牙山脚下的军营，姐妹们生活在一个大的起居室里，工作在一个大的办公室里，吃饭在一张大的桌子上，清晨跑步、早操训练我们仍然在一起，晚上看电影我们都形影不离（因为要队列前行）。

　　是啊！都三十多年过去了，大姐（贾丽娜）从那时到如今都是我们的榜样，二姐（张杰）也处处关照我们几个姐妹，维护这个集体。牟小光是我们战友中的男子汉，他和我共事时间最长，他是我军旅生涯中的多年同窗，我们一起进入提干培训班学习，一起进入中专班学习，一起进入大专班学习，同在一个办公室工作，又同在一个暗室工作，无论工作怎样变动我们始终是同一个专业，他始终像兄长一样关心我、帮助我提高、成长。再说说我的那两位姐姐（肖晨莲、刘敏丽），我们情同手足，从我十四岁到如今，她们带领我、影响我、陪伴我成长、成才、成功！这二位姐姐的文笔在当年的同年兵里是非常好的，几十年来她们笔耕不辍，我就是受到她们俩的影响和启发，开始读书、学习，在不知不觉中走上了文学创作之路，在后来的工作中写了一些文章，并获得了一些奖项。这固然是我个人努力的结果，但这些成绩的取得是与二位姐姐的帮助、指导分不开的。当年她们经常带着我站在高高的山坡上，肖晨莲拉着手风琴，我和

作者与战友肖晨莲、刘敏丽合影

刘敏丽大声朗诵……。现在尽管已经退休，单位又给了我展示自己的平台和为老同志们服务的天地，在此我非常感谢我的战友、我的姐姐们，感谢生命中有你们的陪伴，尽管我任性过、干过很多的傻事、错事，可你们仍然关心着我、关注着我，你们永远都是我进步的动力。我还要感谢山沟里的军营岁月，感谢多倍仪中队这个集体，是这样的环境和集体为我的人生打下了良好的基础。所以，我的人生才如此丰富多彩……

战友们，我爱你们！因为你们已经铭刻在我的心里！

私人订制

[注：此文创作于2014年1月2日，微信分享]

清晨，她在微信朋友圈里发了一张照片，以此纪念37年前当兵入伍的美好时刻，那年她17岁，我14岁。从那时起我们俩就像一面镜子……

真是"心有灵犀"，在她发微信后，片刻的功夫，我已到

军旅生活
大山里走出的战友情

四十年战友情

她的单位，我们彼此并没有约定，本想一起吃个饭、聊聊天，谁知她决定去看电影，11：45开始放映"私人订制"，此时已经11：20了，我们像年轻人一样拿着汉堡包、热饮直奔影院。落座后即刻开始了放映。电影"私人订制"通过几个故事的演绎，幽默诙谐地讽刺了当下我们的国民素质、贪官污吏的嘴脸、社会上的不良风尚以及对自然环境的严重破坏等等。我们边吃边看，挺有意思，我们激动的样子一点都不像50多岁的人。

电影结束了，当影院的大灯亮起时，472个座位只剩下我们两个人了，听工作人员讲：全场也不过七八个人在看电影，此时我俩激动地拿起相机开始照相，工作人员是个小伙子，连忙说：这里不让照相，我说：我们俩人都是50多岁的人了，还能与时俱进看"私人订制"的电影，这不就是为我们俩人私人订制的电影吗？小伙子为我们的真挚情感所打动，他接过手机为我们俩拍照、留影。记录下这难忘的时刻。

尔后，我们俩开怀大笑，笑声回荡在影院的上空……

狼牙山下的军营

[注：此文创作于 2015 年 7 月 29 日，微信分享]

当年的军中小丫

每年"八一"节到来，
我便思念起狼牙山脚下的军营。
那时的军营有我曾经追求过的梦想，
那时的军营有我青春岁月的辉煌；
那时军营里有我收获的爱情，
那时军营里有我常思念的操场；
那里可以听到我熟悉的军号，
那里还保留着我年轻时的模样。
那里是我永驻心底的一段记忆，
那里是我风华正茂的灿烂时光。
军营，你是我骄傲的地方，
军营，你是我青春的乐章。
军营，你是我走过的大课堂，我在那里学习成长；
军营，你是革命的大熔炉，铸就了战士的铁骨柔肠。
走出军营，我没有辜负你的培养。
岁月悠悠，回首相望，
军营是我难以忘怀的地方。

"八一"感言

[注：此文创作于2008年8月1日，发表于北京市公安局海淀分局官网文学原创栏目]

军营青春照

又到八一建军节了，每到这个时候，我都特别感慨，作为一名曾经的军人，我感到无比的自豪与荣耀。

回想历史，1927年8月，嘹亮的军号响彻南昌，为拯救挣扎在水深火热之中的中国，以及在痛苦与恐慌中生活的人民，中国共产党领导打响了武装革命的第一枪，揭开了中国革命历史上的新篇章。在宣告中国共产党不畏强暴、继续坚持革命的坚强决心的同时，也标志着中国共产党领导人民进行革命战争的伟大开端，也向世界宣布哪里有压迫哪里就有革命。随着隆隆炮声，宣告了人民武装军队的诞生，这是一只真正属于人民的军队，同时也预示着一个新的时代的开始。

"红军不怕远征难，万水千山只等闲"。从南昌起义到建立井冈山革命根据地，从四渡赤水到百万雄师过大江进而解放全中国，人民解放军历尽艰难险阻，一次又一次地站在历史的潮头浪尖，经过一道又一道的生死考验。经历血泪的洗礼，军旗更加鲜艳夺目；经过炮火的洗礼，意志更加坚如钢铁。

新的历史时期赋予了人民军队新的历史使命。开山辟路、抗震救灾、巩固国防、抵抗侵略、保家卫国、保卫主权完整、

军旅照

参加国家现代化建设等等。军人的身影在和平时期并没有离我们远去,而是越来越多地出现在人民需要的地方,用赤胆忠心和满腔热血书写着对国家和人民的无限忠诚。

八月骄阳似火,军旗飘飘,人民军队的优良传统代代相传,如伟岸长城般证明着自己无愧于人民解放军的光荣称号,他们带着历史的责任、人民的期望,正在用青春和热血继续谱写着一曲曲英雄壮歌。

作为一名老兵,首先要感谢党和人民军队对我的培养,我要用百倍的努力做好本职工作,来回报党和人民军队对我的教育和培养。

《蓝天畅想》获奖证书

蓝天畅想

［注：此文创作于2009年9月14日，荣获北京市警察协会"庆祝建国60周年《我与共和国同行》'警界巾帼杯'征文活动"三等奖，汇编入《首都女警情怀（"我与共和国同行"警界巾帼杯征文集）》、《首都警察文艺》等各种刊物］

2008年正值改革开放的第三十个年头，这一年伟大的祖国实现了百年奥运的梦想。在这一年里，全国人民为办好这届奥运会，奋力拼搏，圆满完成了奥运会的光荣任务。忙了一年的我也终于在初冬时节坐上飞机开始了休假旅程。

三十年前我作为一名国防测绘女兵，用精密的立体仪器测绘祖国大地，在绘图桌上刻画祖国的万水千山、崇山峻岭，用不同色彩展现层层梯田、盘山道路、大河小溪、绿色植被与建筑物。祖国美丽的山河、大地，当年在我的脑海里只是一片片不同的色彩，在飞机上俯视观赏我们伟大祖国辽阔、壮观的美

《首都警察文艺》封面／发表文章

丽山河，三十年前想都没想过。然而改革开放以来，普通百姓坐上飞机在空中观赏、俯视祖国美丽的山河，是一件极为普通的事情。

马达轰鸣，飞机渐渐驶上跑道，随着不断地加速，飞机终于离开了地面，穿云破雾，直刺蓝天。我透过舷窗注视着窗外，清晰的树木、夺目的花坛已经不见，连鳞次栉比的高楼大厦也变成火柴盒般大小，路面的汽车好似儿童玩具一般，像甲壳虫一样在路面上缓缓移动……。很快，我们的飞机就飞离了城市上空，只见平时仰视的山峰现在已经屈于脚下，座座山峰连绵起伏，而江河如一条银色丝带，穿行于崇山峻岭之间。纵横交错的道路，将山切割为若干块，像交织的网络连接着八方。这山、河、路就像经过艺术加工后的军用沙盘。此时，看到祖国这壮美的景色，让我浮想联翩。改革开放三十年，祖国各项建

军旅生活
蓝天畅想

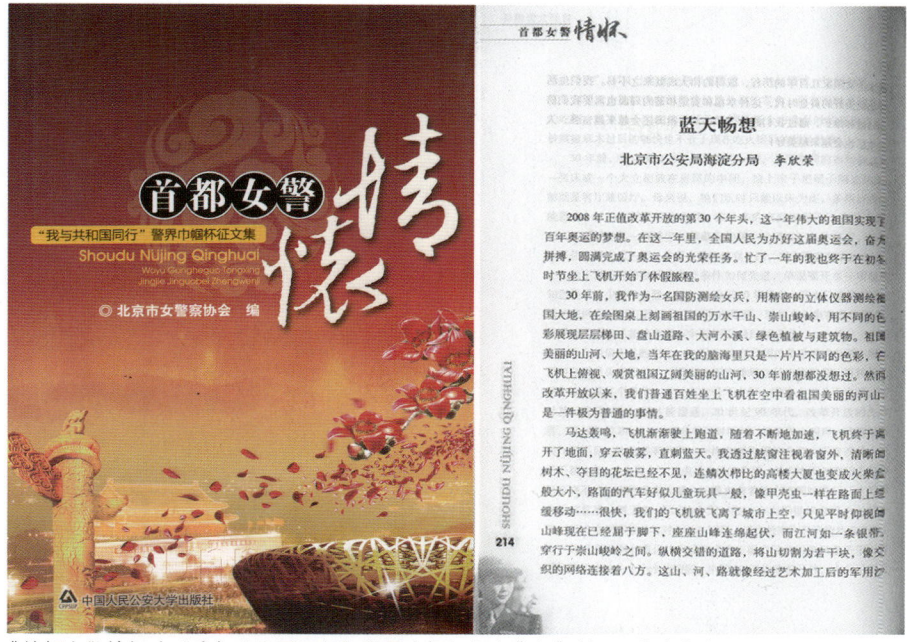

《首都女警情怀（"我与共和国同行"警界巾帼杯征文集）》封面 / 发表文章

设突飞猛进发展。这所有的成果，都离不开中国共产党的领导，离不开十三亿多华夏儿女辛勤的努力、付出和耕耘，这其中也有我的一份贡献，我们怎能不为之骄傲与自豪！

这时飞机已经穿过云层，周围碧空如洗，好像在蓝色的海洋上遨游，舷窗外的天竟然是那么蓝，再向下看，机下浮云一团团、一簇簇，似棉絮，似莲花，透过薄雾的大地更衬托出云的美丽，它们像悠闲自在的少女，洁白无瑕、三五成群、窃窃私语、结伴而行。脚下的云越来越密，大地已躲在云下。它们团团簇簇紧密相连，它们翻滚涌动着，藏住了山，盖住了河，白白的、软软的，很想摘一朵捧在手中仔细观赏。这时我才真正领略了什么是"云海"。

云，在运动、在变化，原来云也像一个各民族组成的大家族，一个家族一种表现形态，各有各的特色。这时的云海，像一条巨大的看不见头尾的大鲤鱼，片片大鱼鳞特别均匀，每片鳞的边缘呈立体状，排列整齐。我真不相信自己的眼睛，仿佛这鲤鱼随时都要跃起，此情此景妙不可言，简直美极了！鲤鱼渐渐退下，而前面的云更让人吃惊不已，那层层的梯田是天上仙人们耕种的么？那一条条垄沟种的又是何种仙果呢？那片状结合体、那球状结合体又是哪位淘气的仙女们玩儿的魔术呢？我已经是目不暇接了。

  多看几眼这云的奇迹吧！我真不舍这美景飞过。我睁着眼睛，不能错过这转瞬即逝的窗外美景，痴迷地向远方眺望，竟然在茫茫云海中看到了耸立的山峰。云海将它托举得是那样的神圣，它正在穿透云层向我招手致意，那种傲立于白云之上的巍峨与伟岸，难道不是我们伟大的祖国——中华民族的象征吗？许久，我还沉浸在这震撼人心的美景之中。

  是啊，大自然无穷的魅力能使紧张的情绪得以舒展，能让内心与自然产生共鸣。美，在陆地上的山川河流、文物景致。美，也在空中那蓝天白云，浮云涌动。美是一种心境，美是一种生活，要热爱生活、感受生活、观察生活过程的每个细节，哪怕是一件小事，一个小小的机会，你都会体验到它的魅力无限，你都会抓住那美好的瞬间，美在其间，美就环绕在你的身边。

  人生是短暂的，何不让自己敞开心扉去领略、感受、寻找大自然赐予我们一切美好的人、风景、事物……

  光阴荏苒、时光如梭，转眼间我们伟大祖国60华诞即将到来，祝亲爱的祖国生日快乐！

2 军旅生活
练字感悟

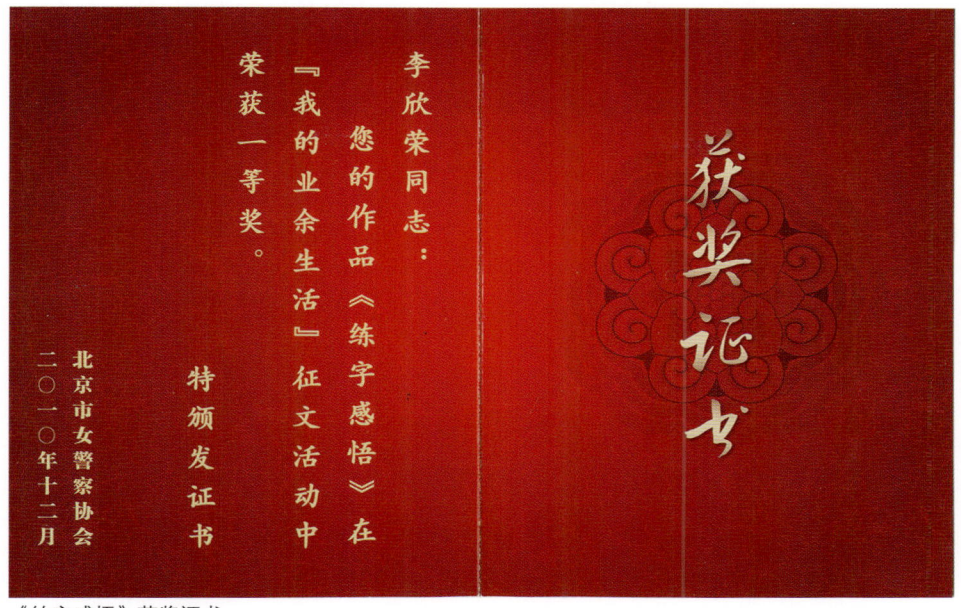

《练字感悟》获奖证书

练字感悟

[注：此文创作于2010年9月26日，荣获北京市女警察协会"《我的业余生活》征文活动"一等奖，发表于《首都公安》报、《筑平安》期刊]

　　常言道，字如其人。良好的写字习惯、熟练的写字技能、造诣较高的书法欣赏能力，不仅能体现一个人的文化修养和底蕴，而且还在一定程度上被视为人品、气节的标志，甚至能从字里行间瞅出书写人的性格和品行。

　　当年在部队，我们是测绘兵，在20世纪70年代百业待兴的时候，我国的测绘技术和设备还比较落后，想成为一名好的测绘兵，就必须练一手好的字体方能上图，才能出成果，才能干好本职工作，才能顺利地完成并胜任国防测绘兵的神圣使命。否则，一幅图再好、再精确，字体不美观，不正规，在图上标注出的文字就会破坏了整幅图的效果。可想而知有一手好字多

《首都公安》报 2010 年 10 月 29 日警苑综艺栏目刊载

么的重要。进入 80 年代后，随着我国科技的发展与进步，地图制作技术的快速发展，在地图上覆盖一层透明薄膜，使用计算机打印好各种数字、符号、文字贴在薄膜上，套上地图然后印刷。一幅地图既美观又简单，完成效果非常好，工作效率大幅提高，制作水平精确无误。但是，随着电脑及汉字输入技术的发展，人们慢慢放弃了练字。近些年，用手写字越来越被人们看淡，人们敲击键盘的速度越来越快，字却越写越生疏，甚至能提笔忘字。难道"字如其人"要从字典里消失了吗？在七八十年代的北京军区测绘大队的军营里，到处都能看到同志们练字的身影，如痴如醉的狂热程度就像现在人们上网的热情一样高涨。当时新同志们练字是为了早日上图，字不达标是不能上图的，要求在地图上直接写出等线体或仿宋体，并标注各种符号，要的是真功夫。那时的年轻人，有点闲暇时间就是练字，非常的刻苦，特别担心落在别人后边，生活纯净如水。老同志们也不示弱，他们很多人练就了一手非常有功底的钢笔字，然后开始练毛笔

军旅生活
练字感悟

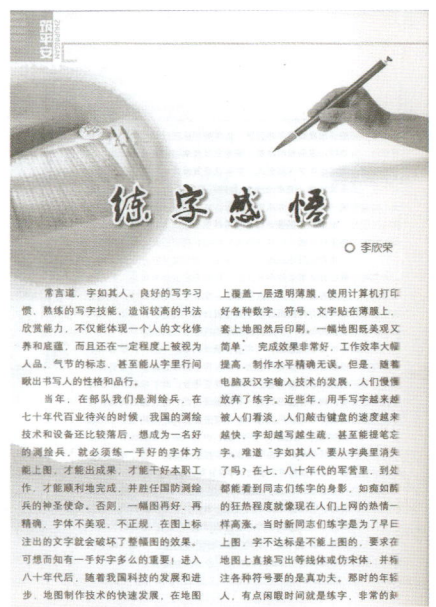

北京市公安局海淀分局主办双月刊《筑平安》2010 年第 2 期封面 / 发表文章

字，甚至很多老同志就因为有一手好字，转业时被分到了各级政府机关党委办公室，一笔好字受用终身，记得有这么一句歌词："最爱写的字是先生教的方块字，横平竖直，堂堂正正，做人也像它……"。确有道理，字能反应一个人的气质和性格，书写潦草的人可能就是一个"马大哈"，书写工工整整的人做事必定细致，主次分明。

就是部队的那段经历丰富、积累了我的人生阅历，当年看到很多老同志们中午、晚上都在办公室里练毛笔字，时常刺激着我，慢慢我也开始模仿着练字，从那个时候起，我养成了做事专心致志、一丝不苟的作风。因此从那个时候起我就和书法结了缘，后来我的办公室对门就是一位老工程师，经常给书法家们装裱

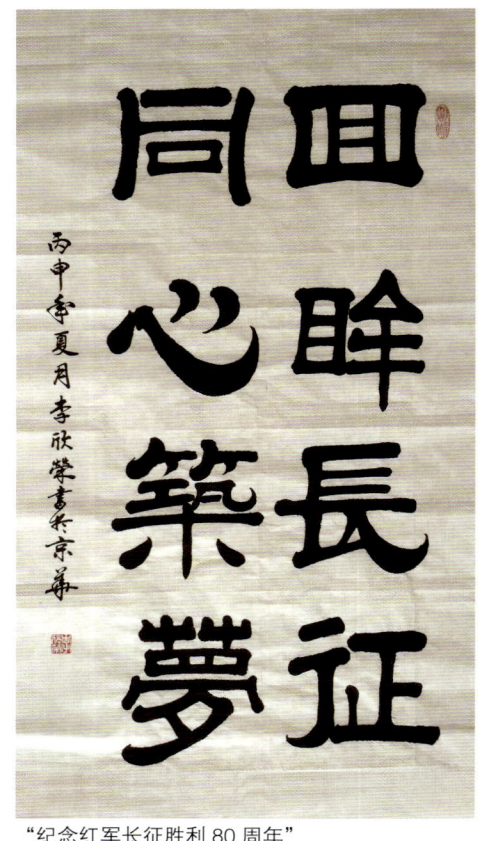

"纪念红军长征胜利80周年"
北京军区老干部书画展作品

字画。岁月流逝,一晃人生已走过二十八个春秋,虽然字没有太大的长进,但可以证明我为自己的理想努力去练过。同时我从练字中感悟到很多人生哲理,"字如其人"正可谓"字"是人的心理世界的外露图像信息。它可以客观地透视一个人的心理(个性)特征。也正因为笔迹是人的心理(个性)特征的外化结果,所以我们就完全可以通过对一个人的字的笔迹动势、笔画的力度、速度、角度、斜度、断连、呼应、聚散、涩滑、沉浮……和各种结构形态以及字阵、章法特点的综合关系等信息的分析,客观地揭示这个人的心理(个性)特征。在书法的世界里,无论是毛笔字、钢笔字,如果没有丰富的文化底蕴、文化修养,没有刻苦、勤奋的生活积累,是无法练就一手漂亮、洒脱的字体。因此我深有体会,当年少小当兵,文化底子薄弱,当时练字就是照猫画虎、照葫芦画瓢,不能深刻理解、领会各种字体的内涵及风格,对字体的间架结构、运笔技巧理解不透彻,只是盲目练习,进展很慢,其实写

军旅生活
练字感悟

字如同造房子,要讲究布局、搭配、容让。感谢部队这所大学校让我积累了丰富的文化知识和素养,我现在深刻体会到"读书破万卷,下笔方有神"的含义。如今读书、写作和练字已成为我工作之余最重要的一部分。这二十年来,我注意学习、积累、广为博览,无论是历史书、名人自传、科普类书、专业书及各种杂志、刊物、报纸。我在市局时,管过七百多种专业书、四十多种杂志、二十多种报纸。并且我坚信"行万里路、读万卷书","话中有才、书中有智"对一个人来讲是受益匪浅的,经过岁月的历练,我对钢笔字、毛笔字有了更深刻的感悟和理解,其实一个字的风格、结构、运笔,就像做人一样,要脚踏实地、踏踏实实,才能书写一手好字。

　　随着人们物质生活的提高,人们精神生活的需求越来越多,现在很多老年人退休以后,开始了练书法,书写他们的晚年生活,有条件的还上老年书法大学,每天在闲暇时写上几笔,非常的惬意,年轻时我看到老年人练书法,总是投去敬畏的目光,但并不能理解他们的行为和感受。随着自己年龄的增长,我越来越理解老年人练书法的好处了,近几年我血压偏高,身体较胖,又是急脾气,感到身体大不如从前,最近朋友送我一个砚台,我爱不释手,所以每晚又开始了练书法,通过练书法身体得到了锻炼和恢复,身心也更加愉悦和宁静。如果说当年练字是工作需要、业务需要,同时也体现了部队的一种良好风气,体现了一个时代的精神风貌。三十年后的今天再练字是人们的一种境界、一种修养、一种生活方式、一种良好的心态,是人们美好生活的具体体现。有人写字当作技能,会写即可;有人则视写字为艺术，力求完美。现在我对每一个字的字体、运笔、结构都感到既亲切、又熟悉，每到夜深人静时，要是不练上几笔，就无法入睡。的确，练字时需要进入一种旁若无人的境界，而且要做到心如止水，有人说："练毛笔字就像练气功，心无杂念气定神闲"。我们常看到练书法的老人长寿，通过练书法，我也感到自己神清气爽，血压也下去了，自己也心平气和了许多，我要坚持下去，不仅对身体有益，也是今后生活的一种追求和期望，人要活到老，学到老，是永恒的真理！

其实每个人都有兴趣爱好，但是兴趣爱好会随着年龄的增长，在不同的年龄段会发生阶段性的变化，比如：我年轻时喜欢唱歌、跳舞、打乒乓球、羽毛球等等。等到年龄稍大、体态发福，可能就放弃了一些运动。还有一些爱好，比如：游泳、旅游、散步、写作、练书法等等是没有年龄限制的，相反，有可能一些爱好是年龄越大越好，经验丰富，更利于发展自己的兴趣爱好。书法对于我来讲，就是活到老学到老，永无止境，就像品茶一样，"人到无求，品自高"。

现如今，除了书法家和书法爱好者，又有几个人能够心无杂念气定神闲地练字写字呢？以我之愚见，值此信息社会、竞争社会，若有闲暇，不妨多多练字。没工夫的，总可以写得认真一些。就好比一个人，不能因为相貌平平，就蓬头垢面不修边幅。美好的事物，永远都是值得向往、值得追求的。

3 女警情怀

奥运期间在北京植物园

行走在人生之路上，
笑看窗外花开花落。
叶枯叶荣，
静观天外云卷云舒。
美好时光，
是那云中映出最清晰的影子。

在中科院北京植物所检查工作

3 女警情怀
从警生涯二三事

参加军转干部大学生岗位培训获优秀学员干部证书

从警生涯二三事

［注：作者曾为北京人民警察学院第十二期军转干部大学生培训班学员，此文为"北京人民警察学院建校 60 周年校庆征文"，创作于 2009 年 6 月 22 日，汇编入《北京人民警察学院六十周年校庆征文集》、《首都女警情怀（"我与共和国同行"警界巾帼杯征文集）》］

在即将迎来的中华人民共和国 60 年华诞前夕，恰逢今年 8 月 23 日是北京人民警察学院建校 60 周年校庆。在这喜庆的日子里，我浮想联翩、夜不能寐，回忆起在警校的日日夜夜，那难以忘怀的人和事又一幕幕浮现在我的眼前，当年警校的经历激励着我不断进取、不断进步。在这里回忆二、三事与尊敬的老师及全体校友共勉！

走进警校

我的从警生涯是从二警校开始的，十六年前，我脱下军装迈进了北京市第二人民警察学校的大门。心中充满了对公安事

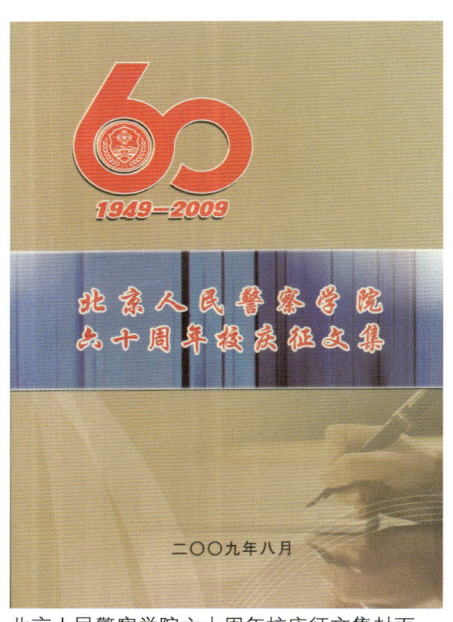

北京人民警察学院六十周年校庆征文集封面

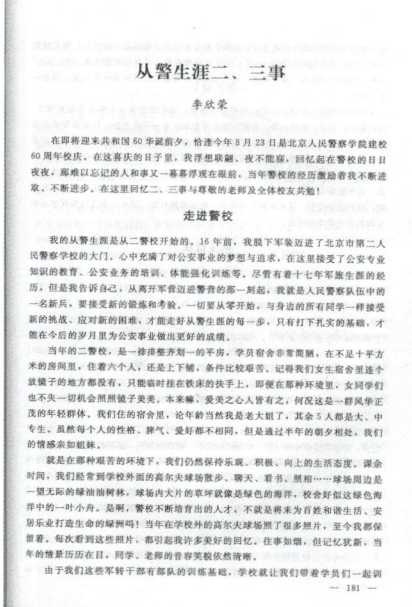

北京人民警察学院六十周年校庆征文集发表文章

业的梦想与追求，在这里接受了公安专业知识的教育、公安业务的培训、体能强化训练等。尽管有着十七年军旅生涯的经历，但是我告诉自己，从离开军营迈进警营的那一刻起，我就是人民警察队伍中的一名新兵，要接受新的锻炼和考验。一切要从零开始，与身边的所有同学一样接受新的挑战、应对新的困难，才能走好从警生涯的每一步，只有打下扎实的基础，才能在今后的岁月里为公安事业做出更好的成绩。

当年的二警校，是一排排整齐划一的平房，学员宿舍非常简陋，在不足十平方米的房间里，住着六个人，还是上下铺，条件比较艰苦。记得我们女生宿舍里连个放镜子的地方都没有，只能临时挂在铁床的扶手上，即便在那种环境里，女同学们也不失一切机会照照镜子美美。本来嘛，爱美之心人皆有之，何况这是一群风华正茂的年轻群体。我们住的宿舍里，由于我是部队转业的，论年龄当然是老大姐了，其余5人都是大、中专生。虽然每个人的性格、脾气、爱好都不相同，有好静的、有好动的，有

3 女警情怀
从警生涯二三事

内向的、有外向的，但是通过半年的朝夕相处，我们的情谊亲如姐妹。

记得当年教员们的办公条件也是非常的简陋。不到十平方米的房间既要做办公

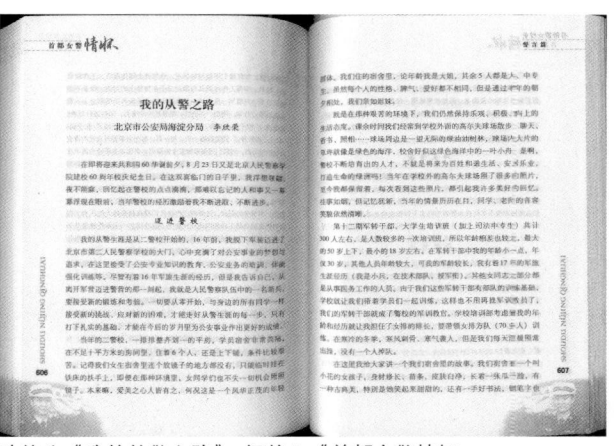

改编为《我的从警之路》，汇编入《首都女警情怀（"我与共和国同行"警界巾帼杯征文集）》

室、又要当宿舍，洗手间是公用的，上厕所还要到院子外面去，看电视只能到队部去，开放时间晚6：30至7：30也只能看个《新闻联播》，当时的条件和环境就像部队的连队，就连吃饭也要排队集合统一去，当时的条件很艰苦。教室的设施也比不上如今的条件，冬天冷、夏天热。

就是在那种艰苦的环境下，我们的学员仍然保持乐观、积极、向上的生活态度。课余时间同学们经常到学校外面的高尔夫球场散步、聊天、看书、照相……。球场周边是一望无际的绿油油树林，球场内大片的草坪就像是绿色的海洋，我们的校舍好似这绿色海洋中的一叶小舟。是啊，警校不断培育出的人才，不就是将来为了百姓和谐生活、安居乐业而忘我工作，奉献社会，为百姓心田打造生命的绿洲吗！当年在学校外的高尔夫球场拍了很多照片，至今我都保留着。闲暇时，每次看到这些照片，都勾起我许多美好的回忆。往事如烟，但记忆犹新，当年的情景历历在目，同学、老师的音容笑貌依然清晰。

第十二期军转干部、大学生培训班（加上司法中专生）共计

300人左右，是人数较多的一次培训班。所以年龄相差也较大，最大的50岁上下，最小的18岁左右。在军转干部中我的年龄小一点，年仅三十，其他人员年龄较大，可我的军龄较长，我有着17年的军旅经历（我是小兵，在技术部队，授军衔）。其他女同志大部分都是从事医务工作的人员，由于她们是文职人员，所以，她们脱下军装很难适应紧张的警营生活。但对于我们这些军转干部来讲，由于有部队的训练基础，警校领导决定就让我们军转干部带着学员们一起训练，这样也不用再请军训教员了，我们的军转干部就成了警校的军训教官。学校培训部考虑到我的年龄和经历就让我担任了女排的排长，要每天带领女排方队（70多人）训练。在寒冷的冬季，寒风刺骨、寒气袭人，但是我们每天清晨照常出早操，没有一个人掉队。

　　在这里我给大家讲一个我们宿舍里的故事，我们宿舍有一个叫小花的女孩子，身材修长、苗条、皮肤白净，长着一张瓜子型脸，有一些古典美气质，特别是她笑起来甜甜的，还有一手好书法，钢笔字也很漂亮，她最拿手的是工笔画，她还可以用龙飞凤舞的字拼成一幅看似山水的画，很美很美。总之，她的画里有字、字中有画！美的无法言传，我至今都保留着她当年写给我的字。但是她体质较弱，经常是身体不舒服，有时影响出早操或上课，我们宿舍几个姐妹，都对她关怀备至、问寒问暖，彼此团结友爱，从不计较个人得失，几个人轮流给她打饭、端水，小花也深深体会到了我们这个集体的温暖。培训结束后，大家也是经常电话联系。她的微笑，特别是她的才华给我留下了美好的记忆，至今我都难以忘怀。

女警情怀
从警生涯二三事

在那半年的培训时间里，我作为一名学员干部，做到胸怀坦荡、顾全大局，充分发挥了共产党员的先锋模范作用，同时也逐渐锻炼和初步展示了我的组织能力，那时才真正体会到十七年的军旅生涯为我今后的人生奠定的基础，甚至受用终身。我发自内心的感谢部队对我的培养、教育！同时也感谢二警校对我的培养、教育和信任，感谢二警校给予我锻炼和展示自己的机会。时光如梭，转眼间半年的培训就要结束了，二警校留下了我们的身影、留下了我们的欢声笑语、留下了我们的师生情谊！我们怀揣梦想、踌躇满志、雄心勃勃地奔向了各自的工作岗位。

师生情谊

在警校学习的半年中，让我记忆最深的当属教授法律课的李老师。记得李老师是位和蔼可亲、极具人格魅力的老师。他聪明、智慧、博学广识，虽然相处仅有半年时间，但是他深入浅出、风趣幽默的讲课风格给我留下了深刻的印象。

他是我在警校认识交往的第一个老师，尽管岁月匆匆，冬去春来十六载，老师当年讲课时的情景仍历历在目，他的音容笑貌依然清晰。他讲课的风格幽默、智慧、富有哲理，把枯燥的刑法课讲得有声有色，通过案例把我们带到案情之中，好象身临其境。他把刑法等法律知识通过特有的方式传授给我们，让我们至今记忆犹新，让我们慢慢理解、逐步消化这些枯燥的理论概念。同时深刻领会了法律课的内涵与实际应用。他独特的讲课风格深受学生们的喜爱，他的学生已遍布京城的各个分

参加六十周年校庆时与李汝川副院长合影
（李汝川现为北京人民警察学院政委）

县局及业务处室。他的学生们就像春天里的花朵，百花盛开、姹紫嫣红、争奇斗艳，好一片生机盎然的景象，为公安事业奉献着、奋斗着！

时光荏苒，十六年光阴悄悄走过，老师对学生们的期待和关怀却从未消失。时至今日，无论他的哪届学生有事找他，他都会愉快地给予帮助，并且在人生的道路上，为学生指点前进的方向。他爱惜人才，胜过父母爱惜自己的孩子们。他用博大的胸怀，海纳百川的气魄，给他的学生们以深远的影响。当年的李老师，朴实、勤奋、平易近人，对待学员既亲切又严格。让我们这些刚刚脱下军装进入警营的同志不仅在生活上感受到春天般的温暖，在专业学习上也是受益匪浅。李老师的教诲，影响并伴随了我们十六个春秋。我庆幸自己在人生的道路上遇到了良师益友。老师的期望正是我们要实现的梦想……

这么多年来，老师仍不离讲坛，注重实践与调研，而且利用大量业余时间，笔耕不辍，编辑出版了多部法律书籍。当年的李老师如今早已走上了领导岗位。如今他是警察学院师资队伍中的优秀代表人物，也是警察学院高素质的领导班子成员之一，我为有这样的老师感到骄傲。

女警情怀
从警生涯二三事

从警感悟

十六年前我离开军营时,有的是机会可以选择其他行业,可是我义无反顾的、坚决的、不假思索的选择了警察这个崇高而神圣的职业!我深知警察和军人的职业意味着什么,意味着奉献与牺牲!可我被警察威武的形象、敏锐的目光、机智灵活的身手和斗志所吸引,也许我从小受家庭环境的影响,耳濡目染了革命英雄主义的教育,促使我自幼形成刚毅、果断、开朗的性格,从警道路的选择也就顺理成章了。

十六年来,我的战友们转业到各个行业,大家都干出了可喜的成绩,有的也早已走上了领导岗位,可我仍然战斗在公安工作的第一线,作为一名基层单位的民警,每天面对老百姓们的各种各样的问题和困难,作为一名人民警察,全心全意为人民服务是我的职责,也是我应尽的义务。所以我一点都不后悔,相反我非常的骄傲与自豪。因为我的职业要比任何职业都更具有奉献与牺牲精神。

十六年从警经历,我参与了共和国很多重大庆典的安全保卫工作,感到无比的光荣与自豪!比如:世妇会、香港回归和共和国50年大庆。当年我在市局十一处,这些活动的重要时刻我都是在祖国的心脏天安门广场执勤中度过的。特别是去年的奥运会,我在奥运会期间除了兢兢业业做好本职工作外,还利用大量业余时间搞好文学创作,写出了一些文学作品,作品都是歌颂和宣传我们的基层民警们在奥运会期间,为了祖国的荣誉和人民的利益,他们舍小家、为国家在各自的工作岗位上默默奉献的感人故事。这些作品在海淀区、及分局、市局刊物上发表，有些文章还在个人博客中（局内网、局外网）发表。尽管我从事业余写作时间不长，但我不断地激励自己，勤于思考、刻苦学习。我的勤奋、创作激情、创作态度得到了各级领导及同志们的肯定和表扬。同时我创作的作品也得到了人们的好评。

在这一年多的学习写作期间，我得到了市局有关领导的关心和帮助，也得到了当年警校李老师的关心和帮助，他得知我在利用业余时间写作后非常的高兴，对我的创作激情给予了肯定。最主要是老师能够给我提出宝贵的意见和建议。他说你很优秀、有灵气、有悟性，可是你也有你的短处，你一定要知道和理解"短板效应"。我听了老师的教诲后，更加勤奋和努力了，同时也学会了重新审视自己的过去和现在。通过和老师的交流，在他的身上学到了很多好的作风和品质，他让我一定要学会低调做人、做事，不要刚刚取得一点点成绩就骄傲自满和张扬。与老师的交往让我受益匪浅，我对老师的教诲将永远心存感激之情。

现在我们又面临着共和国 60 周年国庆的安全保卫任务等。总之，我们经历了太多太多的重大事件，并参与了各个时期的安全保卫任务。十六年来我们放弃了很多的节假日休息，人非草木、孰能无情。我们的民警都是舍小家、为国家。对老人不孝、对孩子不教这不是我们的意愿，是我们对祖国和人们的无限忠诚！我们的孩子们因为自己的父母们是警察，他们的确因为父母的崇高工作失去了美好的童年快乐时光，可换来了天底下更多的孩子们的笑脸和平安。

尽管十六年过去了，在警校的那段时光始终在我的脑海里无法抹去，就是警校的那段经历，为我从警生涯十六载奠定了坚实的基础。十六年里我每一次进步都离不开警校的培养和教育，在后来的进三督脱产培训，进二督、进一督的考试，让我又一次次迈进了警院的大门。在国庆60周年前夕，迎来了北京人民警察学院建校60周年的校庆，作为一名人民警察曾经在警校学习、培训过，我感到无比光荣与自豪，愿意与学校分享这美好的时刻。我不自觉地拿起了笔，感慨万分，有太多的话要对老师、同学们讲。老师们常年教书育人，是人们心灵的工程师，常年辛辛苦苦地工作着，向老师们致敬！

如今的北京人民警察学院，充满了现代、时尚元素，有一流的教学楼、有现代化的高科技设备，现代化的、人性化的、公寓式的学生宿舍。图书馆的建筑新颖独特、气势宏伟、先进的网络信息服务平台，形成了以公安、法律文献为特色，多学科并存的信息资源保障服务体系，是一座现代化的数字图书馆。办公楼、教学楼、游泳馆等建筑群的构造真是美轮美奂！如今警察学院的环境、条件改变了，学员宿舍条件改善了，教室条件改进了。在现代、文明、高科技的今天，能够迈进北京人民警察学院的大门进行学习、培训，真是一种享受！所以，近来凡是到警察学院进修学习、培训人员，都不愿离开，甚至回到单位后，都会恋恋不舍、难以忘怀。

我在公安网上看到了北京人民警察学院丰富多彩的校园生活，有各种比赛及知识讲座，特别是北京人民警察学院组织的"与家人一同享受春天"主题踏青活动，我通过视频观赏了他们的全部过程，看完后浑身热血沸腾，警察学院就像是一个大家庭，

北京人民警察学院六十周年校庆活动照片

人与人之间非常的亲切、自然，校领导很有亲和力、凝聚力！我被他们的行为所感染。如果有机会，我愿意再次迈进北京人民警察学院的大门，好好学习！享受学生时代的幸福和阳光灿烂的日子！

  十六年后的今天，我已人到中年，从工龄上讲已经三十多年了，也可以退休了，在回首往事时，如果有人问我从事警察的职业后悔吗？如果重新选择，你将会选择什么职业？我现在可以自豪地告诉大家：我仍然会选择军人和警察这两种职业，她们将会是我一生的骄傲和财富！没有军旅生涯、从警生涯的经历，我不会人到中年还每天都能够亲自驾驶着警车、摩托车出110，巡逻在大街小巷里，每到香山地区旅游旺季，交通拥堵时，我们的民警们只能步行巡逻，如果没有良好的体能、技能、过

3 女警情怀
从警生涯二三事

> 李欣荣警官：
> 　　非常感谢您对母校校庆的大力支持！欢迎您再校庆当天来母校参加活动，共同祝贺目标60年华诞。
>
> 　　　　　北京人民警察学院校庆筹备委员会
> 　　　　　　　　　　　2009年6月20日

北京人民警察学院校庆邀请函

> 李欣荣，你好！
> 　　因最近实在太忙没有及时就你的校庆征文回信，很抱歉。你的校庆征文"从警生涯二、三事"我认真拜读了，从总体上看没什麼意见，也同意你进一步修改的想法。
> 　　有几个具体问题提示你注意：1、文中"警察训练总队"与"警察学院"混用，建议统一使用"北京人民警察学院"或简称"警察学院"，当然，你认为有必要的话可以交代一下二者的联系。"警校"和"二警校"的使用准确，应当继续。2、关于我讲课的内容可通称法律课，你文中有的地方也是这麼用的。3、删去第六列数第五行"几十人、几百人 ------"至本自然段结束的内容，此内容与本文的关系不大。4、"从警感悟"这部分内容还可提炼升华，感悟出什麼了？感悟出的东西与在警校学习有什麼关系？
> 　　以上几点提示仅供参考！祝你走运！愿你写出更多更好的作品！
>
> 　　　　　　　　　　　　李汝川
> 　　　　　　　　　　　2009-06-14

校庆征文李汝川老师回信
（现北京人民警察学院副院长）

> 李欣荣警官：你好！
> 　　你的校庆征文已阅，有明显进步，写作态度很认真，也很下功夫，精神可嘉！请注意将"师生情谊"部分第6页中的"他讲课风格影响了成千上万学子"一句删去，说的有点过了；此部分内容应当写得有真实感，尽量不用华丽辞藻修饰。其他意见没了，你可视情处理，不必再让我看了。
> 　　祝你取得好成绩！祝你健康、快乐、工作顺利！
>
> 　　　　　　　　　　　　李汝川
> 　　　　　　　　　　　2009-06-18

校庆征文李汝川老师第二次回信

硬的心理素质和业务能力，我是无法胜任当今高强度的警察工作和职责的，这一切功劳和良好扎实的基础，都离不开当年警校对我的培养、教育和锻炼。所以，我今天取得的成绩是警校的光荣，今天警院的辉煌也是我们的骄傲，老师的荣誉也是我们学生的荣誉。啊！警校——你是我梦开始的地方！所以，没有当年二警校的人生历练，我现在不可能与时俱进，取得这么多的成绩，我也不可能有智有谋、才兼文武。

　　在今后的岁月里，我愿意为公安事业倾注我全部的心血，写出更多更好的文章来，歌颂公安队伍中可歌可泣的先进人物和好人好事，我愿意把公安队伍中骄人的成绩、人民警察中传奇的人生、民警生活中的点滴小事向社会广为宣传。歌颂我们的公安民警！歌颂我们的公安队伍！

新时期提高警察素质的重要性和紧迫性

[注：此文是作者警察生涯的第一篇论文，荣获"北京市公安民警素质现状征文活动"纪念奖，创作于 2000 年 6 月 28 日，北京市公安局技侦处]

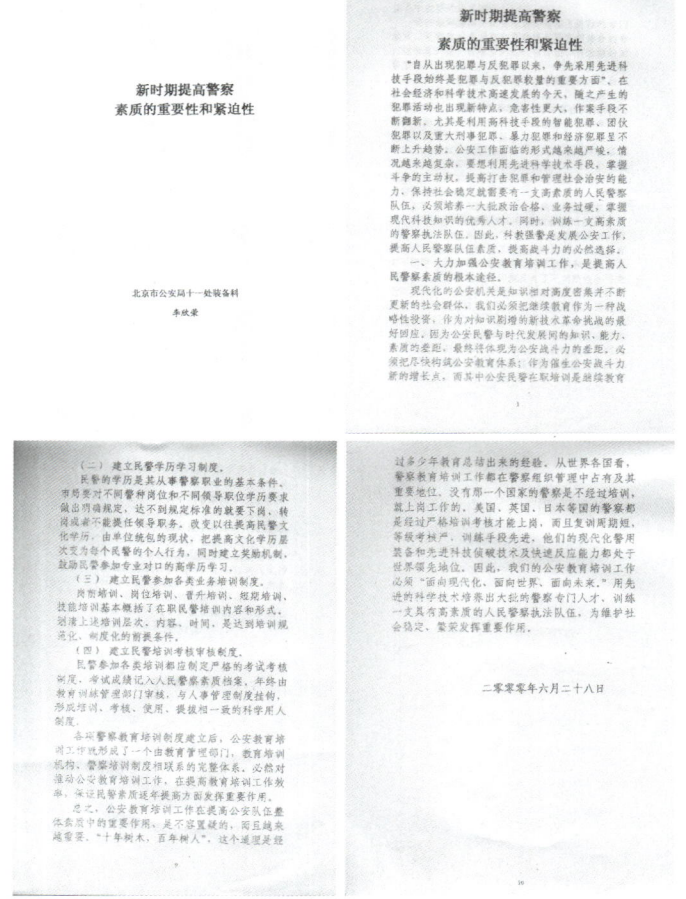

《新时期提高警察素质的重要性和紧迫性》刊载原文（部分）

3 女警情怀
新时期提高警察素质的重要性和紧迫性

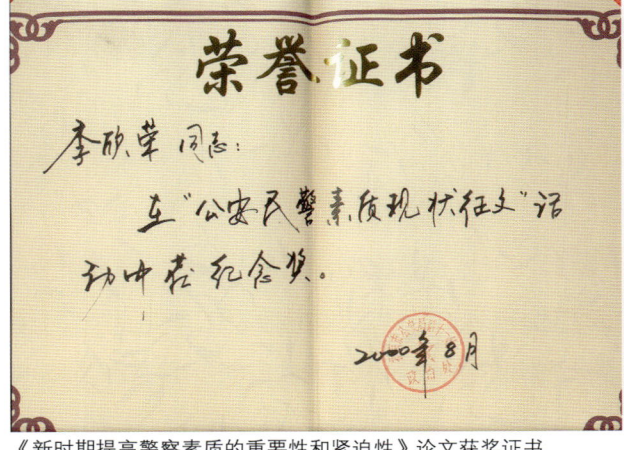

改编为《论新时期人民警察的素质结构》原文手写稿（部分）

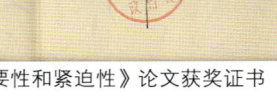

《新时期提高警察素质的重要性和紧迫性》论文获奖证书

奖牌

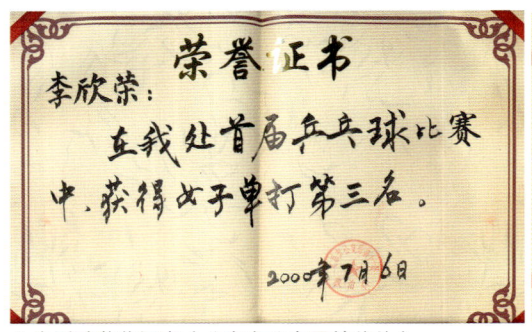 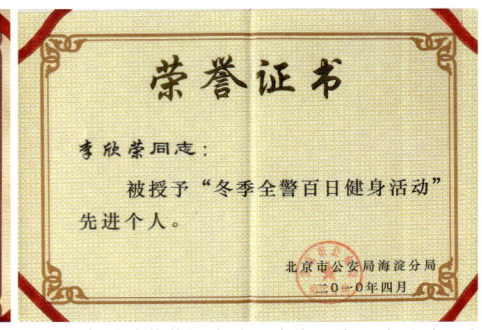

业余活动获奖证书（北京市公安局技侦处）　　业余活动获奖证书（北京市公安局海淀分局）

骑单车快乐地奔跑

[注：此文创作于 2008 年 6 月 18 日，发表于海淀分局《警察文学》网络专栏]

在夏日的阳光里，在绿荫的树影下，微风拂面，我快乐地骑着单车，享受生活，享受大自然。

众所周知，在奥运之年，我们的民警是非常辛苦的，经常是 24 小时奔忙于公安基层工作的第一线，很多同志都很难得到良好的休息。在奥运临近的关键时刻，更是辛苦了民警们。我是 01 车组的巡逻民警，每天上班后，神经总是要高度紧张，因为每天要面临着市局、分局督察人员的各种形式的检查，还要随时出 110，还要盘查核录各种嫌疑人（不能少于 20 人），不管多忙还要到签到点签到。在炎热的夏日里，我们的民警还要系好武装带，车里的空调坏了，在 01 车年久、车况极差的条件下，我们还要保持车容车貌整洁，警容警姿规范。总之，每天上班后，一天下来，总是神经高度紧张，总怕出现各种闪失。我们 01 车组为了配合所里的工作，经常是调整上班的时间，有时很晚才能下班，经常是回不了家。特别是"端午节"连续三天放假，可我只休了一天，

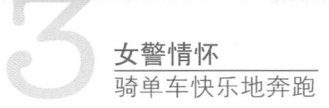

女警情怀
骑单车快乐地奔跑

上报单位	香山派出所	承办人	李欣荣	电话	62591866
报送时间	2008-6-18	上报专栏	警察文学	特殊需求	无

骑单车快乐的奔跑

在夏日的阳光里,在绿荫的树影下,微风佛面,我快乐的骑着单车,享受生活,享受大自然。

众所周知,在奥运之年,我们的民警是非常的辛苦的,经常是24小时奔忙于公安基层工作的第一线,很多同志都很难得到良好的休息。在奥运临近的关键时刻,更是辛苦……

上报部门领导审批意见:	同意。
接收部门领导审批意见:	
办理情况:	

《骑单车快乐的奔跑》上报海淀分局《警察文学》专栏网上信息报送及发布审批表

今天我倒休,为了使自己疲惫的身心,得到放松,我骑上自己买的小巧的折叠自行车,快乐地奔跑在绿荫的大道上,我心里感到无比的快乐和幸福,这就是劳动者的喜悦,我们的民警是多么容易得到满足,我已46岁了,我骑上单车快乐的心情难以用语言表达清楚,我只想告诉大家,我快乐地骑着单车时,我的心里就像一个美丽的少女一样的快乐,因为我始终都是微笑着,我觉得自己很美。

我真心希望我们的民警们,在你们保证睡眠的同时,也像我一样骑上单车,享受阳光和大自然吧,既环保又不存在堵车,特别是奥运会临近,为了北京的蓝天、白云尽我们每个人的微薄之力。同时让我们的身体更健康,让我们更快乐,保持良好的心态,以更加饱满的热情和良好的精神状态投入到奥运会安保工作中去。

海淀信息网建立五周年随感

[注：此文创作于 2008 年 10 月 15 日，发表于北京市公安局海淀分局官网文学原创栏目]

在海淀信息网建立五周年的日子里，我激动的心情溢于言表，夜不能寐，浮想联翩，我有太多的感慨，是海淀信息网成就了我的写作梦想，是海淀分局这块热土培育我成长，网络使我们彼此成为了朋友，让我们彼此互相学习、互相切磋、互相欣赏、互相激励。

特别是在北京第 29 界奥林匹克运动会、残奥会期间，网站是展示我们广大民警的平台，广大的民警是我们创作的源泉，在此我要感谢分局信息网广大的同仁们，是你们的鼓励和支持让我获得了自信。

特别是当我的文章第一次刊登在警察文化、警察文学栏目后，我心中的感受是无法用语言描述的，当然是自豪，但是我深知文章要与文学相融为一体，一定要有文学修养和内涵。从那时起，我就开始发奋努力的学习和阅读大量的书籍，书到用时方恨少，大有废寝忘食、夜以继日、勇攀高峰的精神，以及笔触人生之大器晚成的气概。我不仅勤于笔耕，经常有习作，也开始编织着作家的梦想。我们都知道没有电脑的时代，要写好一篇文章，从写作到修改完成，不知要抄写几遍甚至几十遍。自从有了电脑，在电脑上修改文章非常的方便和快捷，所以电脑时代成就了我的写作梦想。人到中年，我开始书写人生、写我们的现实生活，

3 女警情怀
海淀信息网建立五周年随感

获奖感言

写我身边的故事。我是幸运的,也是幸福的!尽管写作时很辛苦,也很枯燥,但是乐在其中,当然做任何一件事情,没有人能够随随便便的成功,我也是付出了巨大的代价,牺牲了很多宝贵的时间,不知有多少个日日夜夜,我都是在夜深人静时挑灯夜战。特别是在奥运期间我很少回家,白天正常工作,晚上写奥运通讯报导并在公安网发稿(只能在单位发稿,公安网与社会不联网)。所以,很少照顾家里,我的父母和女儿非常理解和支持我,使我一步一个脚印艰难地走到今天,取得了非常可喜的成绩,并且大家也认可了我的作品,我也有了一定的读者群体,同时也得到了大家的欣赏、赞美、鼓励。真可谓是"一分耕耘,一分收获"。

在这金色的秋季里,我收获了人生中太多美好的事物,感谢香山这片热土和淳朴的人们!人杰地灵的香山给予我灵感和创作激情,是我创作的素材。我再次感谢海淀分局网站!感谢香山派出所!我的收获与领导和同志们的帮助、支持是分不开的,我永远心存感激之情!

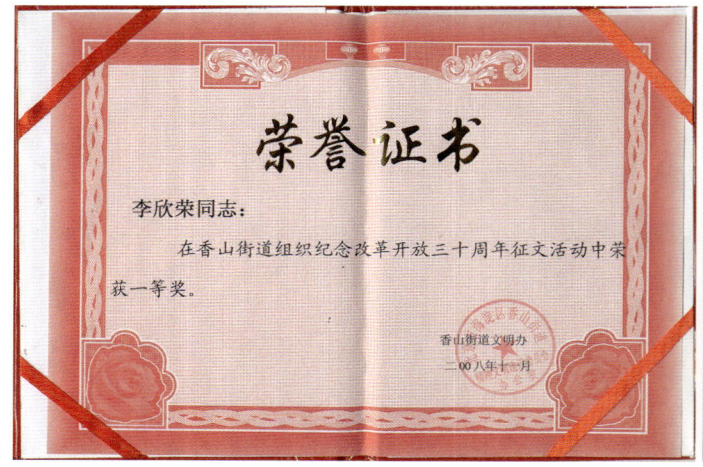
《香山——最亮丽的风景》获奖证书

改编为《香山的明天更美好》汇编入《首都女警情怀（"我与共和国同行"警界巾帼杯征文集）》

香山——最亮丽的风景

[注：此文创作于 2008 年 12 月 22 日，荣获"香山街道组织纪念改革开放三十周年征文活动"一等奖（注：香山街道组织征文活动，涵盖了地区的党、政、军、中直机关驻地），汇编入《三十载风华 香满西山（香山街道纪念改革开放 30 周年征文汇编）》]

本人李欣荣，是海淀公安分局的一名女警察。从警之前是一名军人（有着十七年的军旅生涯经历），1993 年转业到北京市公安局技侦处，2000 年底到海淀公安分局香山派出所工作至今。

一、改革开放三十年让古老的香山焕发青春

在北京西山绵延不断的山峦叠嶂中，香山以其浓厚的文化底蕴和秀美的自然景观独领风骚。作为京西宝地，这里远可追溯皇族贵胄的钟鸣鼎食，近可瞻仰革命伟人的丰功伟绩。有山红遍、林尽染的霜秋枫叶，有芳菲尽、始盛开的阳春碧桃；曹

女警情怀
香山——最亮丽的风景

雪芹的故居坐落在著名的香山脚下、北京植物园内,曹雪芹在故居黄叶村写出恢宏巨著《红楼梦》,中国第一代党和国家领导人毛泽东曾在香山别墅运筹帷幄终定乾坤。

我出生在北京城的西山脚下,自幼随家人经常到香山游玩,因此对香山地区这片热土有了很深的感情。特别是2000年底我调到香山地区工作后,使我对香山地区改革开放三十年来的变化有比较深刻的了解和认识。

忆过去通往香山的道路较窄,大部分地区还是土路,道路两边都是庄稼地,来一次香山非常的不容易,公交车只有一条333路(是香山到颐和园的唯一一辆直达公交车)。现在不仅路宽了,还都是柏油路,现在的香山公交车总站已成为一个现代化的交通枢纽,公交线路多达十几条,四通八达,从市区到香山交通非常的方便、快捷,比自驾车到香山来游玩都方便。四环、五环路都通往香山,开车族到香山爬山、休息、吃饭已成为一种时尚。今日的香山处处杨柳依依、绿草茵茵、苍松翠柏、红叶满山,以崭新的形象迎接着八方游客。

改革开放三十年,经过各级政府多年的努力和倾心投入,香山地区的交通状况也有了很大的变化,过去晚上一过8:00就没有了公交车,现在到夜里23:00都有公交车,早上5:00就有了早班车,给早晨爬山的百姓创造了便利条件,公交公司也是从群众的利益出发以人为本,服务于百姓。

近几年由于私家车的普及,香山的红叶节、植物园的桃花节期间,道路两旁停满了各种样式的车辆,给节日的香山增添了一道别致的风景线。

一批又一批的香山人在这片充满希望的土地上挥洒着热血，奉献着青春与智慧，在这片沉寂的土地上创造了一个又一个令人鼓舞的佳绩。尤其是近几年来，香山地区各项建设进入了历史上的鼎盛时期，古老的香山发生了日新月异的可喜变化。

落实科学发展观，巩固党的执政基础，构建和谐新香山是香山地区的主旋律。依据香山地区的功能定位，市政府要把海淀区香山建设成为"登山休闲的绿谷，中外游人满意的旅游区，投资者首选的黄金地，中关村科技园区美丽的后庭院，首都精品文化园、和谐社会首善之区"的奋斗目标。

二、改革开放三十年香山自然景观与现代文明的完美结合

山还是那个山，人还是那些人。经过三十年改革开放的历程，如今的香山公园树木繁多，森林覆盖率高达96%，仅古树名木就有5800多株，占北京城区的四分之一，是北京负氧离子最高的地区之一，具有独特的"山川、名泉、古树、红叶"丰富的园林内涵，是避暑的胜地，天然的氧吧。香山红叶驰名中外，被评为"新北京十六景"之一，成为京城最浓的秋色。

由于特殊地域特点、空气中的负氧离子浓度很高，特别有益于人体健康。三十年来，随着人们生活水平和文化素质的提高，健身已成为一种时尚，特别是今年是奥运之年，绿色奥运、人文奥运、科技奥运已深入人心，越来越多的人开始加入到爬香山的队伍之中。随着日新月异的变化，高科技产业的突起、人们的就业压力、竞争意识都在加强，香山又成为了白领一族及公司老板们减压与自我放松的最好去处。经常可以看到很多

3 女警情怀
香山——最亮丽的风景

开着名车的老总、影视明星、白领一族来登香山。

如今的香山,"春天:山花烂漫,争奇斗艳;夏天:草木成荫,清幽凉爽;秋天:层林尽染,气势磅礴;冬天:银峦素嶂,晴雪映景。"俨然一片世外桃源。香山的红叶节、植物园的桃花节、香山的樱桃采摘节、草莓文化旅游节吸引了越来越多的中外游客。四季的精品水果也让前来旅游观光的游客在游览之余品尝到鲜果美味。香山已不存在淡季,四季总是人头攒动。人们常说,请朋友吃饭不如请朋友流汗。即便在雪花纷飞的日子里登山的人们也是络绎不绝,特别是在细雨蒙蒙的时节,总是有一些人们漫步在北京的植物园和香山脚下,别有一番情趣在心头。

绿色的香山,人文的香山。随着三十年改革的步伐,旅游文化给香山带来变化,开发生态旅游,红色文化游,历史典故游组成了香山文化特色旅游市场的主线。

美丽的香山既是北京的天然氧吧,又有皇家园林的秀美景致;既有朴实无华的田园风貌;又有红叶霜天的壮丽山色。这里既留有古代文化印记,又是近现代革命家拯救中国史实发祥地之一。清乾隆皇帝巡历香山留存多处御笔真迹,燕京八景之一"西山晴雪"就是其代表作。这里还有近代著名民主人士、原国民政府首任总理、我国近代慈善家、幼教家熊希龄先生创办的"香山慈幼院"。中国民主革命先行者孙中山先生纪念堂坐落于松林环抱的香山碧云寺,先生衣冠冢与金刚宝座塔交映生辉。中国共产党著名革命先驱李大钊烈士陵园坐落于香山万安公墓,这里是国家青少年革命教育基地。伟大领袖毛泽东主席在香山双清别墅指挥人民解放军百万雄师过大江,推翻了蒋

《三十载风华香满西山（香山街道纪念改革开放30周年征文汇编）》封面

《三十载风华香满西山（香山街道纪念改革开放30周年征文汇编）》发表文章

家王朝的反动统治，解放了全中国，开创了社会主义中国的新纪元。

正是香山所具有深厚的文化底蕴，才使其旅游文化产业长盛不衰。

三、改革开放三十年香山从一个小山村成为北京人向往的家园

三十年前，这里是一个小山村，经过三十年的改革开放，香山已成为北京人休闲、度假的好去处，也已成为中国乃至世界人民旅游的胜地。这里有驰名中外的香山红叶和北京植物园（中科院北京植物所与其相邻）。

香山地区的农民，以前是贫穷落后的，思想保守，甚至于都很少走出海淀区，农民以土地为生。可是如今的农民，有的早已走出了国门，住上了别墅，开上了宝马、奔驰，搞起了特色旅游产业，充分利用自己仅有的土地建起了绿色生态园，绿色采摘园，这里既保留了香山地区传统果农业产品，比如香山大桃、山楂、大枣，又充分利用现代科技成果为果农业注入活力，在雪花飞舞的严寒中，你也能在采摘园中亲自采摘和品尝到新鲜的蔬菜和水果，比如草莓、西瓜、西红柿、黄瓜等。

3 女警情怀
香山——最亮丽的风景

如今香山的农民家家都住上了宽敞的房屋，生活水平有了明显的改善，今非昔比。香山地区多方筹资，打造了香山第一口深达1380米的吃水井，解决了困扰百姓50多年的吃水难问题。2001年，煤改气工程使香山百姓第一次用上了清洁环保的天然气，成为该地区历史上最大的环保工程、民心工程。

区政府先后筹资1200万元，对21个香山地区的重点地段进行了综合治理，整治面积10万平方米，修建道路9条，新增绿地7万平方米，新铺设峒峪村、枫林路、杰王府路等6条社区道路，解决了群众行路难问题；投资400万元打造香山东路、香山南路和金源路三条入山景观精品工程，提升了旅游区整体环境质量；现在的香山街道两旁环境优美。

农民现在也有了养老金、养老保险、退休金，特别是在党的八十七岁生日来临之际，我亲眼目睹了当代农民的风采，香山公司党支部组织全体在职和退休党员在环境优美的香山脚下，一个非常现代和时尚的绿色生态园饭店里举办了党员表彰大会，庆祝党的八十七岁生日，并表彰一批先进党组织和优秀共产党员。会后全体党员参观了绿色生态采摘园建设，150名党员每人一份自产的绿色果品，随着改革开放的春风，农民在庆祝党的生日之时，脸上焕发出喜悦的笑容，难道这不是可喜可贺的事情吗？香山的农民在走向富裕，这里的采摘园正在按都市现代化农业的科学发展思路打造着绿色有机果品的环保基地。这里已成为人们向往的世外桃源，这里也是很多文人墨客梦开始的地方，书画家都在此逗留数月搞创作，香山的人杰地灵、纯朴民风使我拿起了笔，记录下改革开放的三十年，我虽然在香山工作仅仅八年，可我现在作为一名香山人,我感到无比自豪,我非常热爱这里纯朴的人们和这里的山水、人文,是他们给了我创作的激情和素材。

创建文明社区,构筑和谐香山是近年来香山街道精神文明建设的主要着力点。街道投资50万元,在居民区、健身场和游客密集区广建精神文明宣传设施,以此为载体大力开展公德教育,使文明道德新风尚吹遍了香山各个角落;以文明市民学校为阵地,深入开展"文明社区"、"绿色社区"和"学习型社区"创建活动,不断提高居民素质,推进社区和谐;街道以"人文奥运,礼仪海淀"为主题,以旅游区广阔的宣传阵地为背景,深入开展敬老爱老联欢会、"学雷锋、树新风"便民服务、文明乘车宣传、文明游园宣传、文明礼仪知识讲座、公民道德标兵评选等一系列文明礼仪宣教活动,将海淀人"知书达礼、明德诚信、宽容睿智、友善热情"的良好形象推广到千家万户。街道投资400余万元,建立总面积2万平方米的13套居家健身场所工程,将群众性文体活动组织得红红火火。

四、改革开放三十年香山派出所成为保一方平安的主力军

香山作为著名的旅游风景区、全市的重点护林防火区,始终将护林防火和社会治安综合治理作为重中之重,香山街道办事处投资40万元建立了电子监控系统,与香山公园、北京植物园等主要单位的电子监控系统联手防护,总投资640万元的306个电子探头将林区和居民区全部纳入监控范围。

派出所的变化,三十年前香山派出所坐落在一个破旧的小院子里,民警只有七八个人,当时所里没有一辆汽车,就连自

行车都不能达到每人一辆。如今的派出所建起了办公楼，办公环境得到了改善，人员已发展到50人左右，增加了高科技办公设备，实现了办公自动化，设备在逐年增加，特别是高新技术设备，电脑已普及，摄像机、照相机设备及一些先进高科技办案设备，已实现了信息化管理，科技强警保一方平安。车辆也由过去的几辆车，发展到4个民警一辆车的标准，车辆充分得到保障，这些都是科技强警的成果，也是改革开放的成果，近年来随着社会的进步，高科技的发展，公安部及市局的领导非常重视民警各种知识和专业的培训，知识更新，业务水平提高，通过科技强警，提高了广大民警的战斗力，确保香山地区和谐安宁。

经过三十年的改革开放，商品经济的大潮冲击着我国每一个角落，先富起来的农民也促进了香山的旅游业发展，过去香山一到傍晚，两条通往香山公园的主要街道，一个叫煤厂街、一个叫买卖街，整个街上看不到几个人影和光亮，可是如今的香山早晨很早天还未亮就有成群的人在爬山健身，到了傍晚，整个香山灯火通明，很像云南的丽江古城，各种风格的餐厅、茶社、咖啡厅、商务会馆的出现把香山的夜晚装扮得更加亮丽，也有了一些山城的感觉。

香山所处的地理位置是得天独厚的，它是离市中心最近的一座山，俗话说，这里是北京的上风上水，人杰地灵，是一个天然的大氧吧，随着人们的健身意识加强，香山已是北京人向往的地方，到香山爬山和就餐已是一种休闲与时尚。香山离中关村较近，在中关村打工的外地年轻人，很多都在香山附近租房居住，这里大部分是平房，价钱较低，所以近年来，由于外来人口的增多，暂住人口达四万左右，常住人口两万多，致使香山的社会治安压力加大，打破了往日平静的香山生活，各种治安案件激增，为确保居民和旅游区安全稳定，香山地区构筑了由公安干警、治安巡逻队和社区积极分子组成的三条治安防线，强化管理、昼夜巡逻，确保了居民的安居乐业。随着改革开放的发展与深化，派出所工作也由过去的管理型向服务型转化，经过业务练兵，民警的自身素质也得到了加强，派出所民警也逐步达到年轻化、知识化、专业化。执法为民，服务百姓已成为民警工作的一个主要方面。随着网络时代的到来，民警视野也开阔了，在办案中充分利用高新技术和网络使破案率大大提升，得到了百姓的赞扬，增进了警民关系。

艰难困苦，玉汝于成，三十年孜孜以求、恪尽职守，同聚香山热土、共谋发展大业。几代人为着香山的繁荣与稳定忘我地奋斗着、无私地奉献着；三十年风雨兼程、一往无前，如火枫叶见证了香山人任劳任怨、拼搏进取的奋斗历程；三十年岁月流转、冬去春来，不甘平庸、开拓进取的香山人终于在山花烂漫时收获了这满园芬芳。路漫漫其修远兮，吾将上下而求索。在备战奥运的关键之年，豪情满怀的香山人为改革开放三十年的奋斗历程作了一个圆满的注解，同时也为辽阔高远的前程作了一个精彩的启航。我们相信，在中国共产党的正确领导下，在各级政府的大力支持下，在全体香山人民的共同努力下，香山必将迎来越来越美好的明天！

3 女警情怀
摔伤后的思考

摔伤后的思考

［注：此文创作于 2008 年 7 月 3 日，发表于北京市公安局海淀分局官网文学原创栏目］

  福与祸，本是一对孪生子。早在 2000 多年前，老子就曾在《道德经》中说："祸兮福之所倚，福兮祸之所伏也"，意思是：灾祸中总有幸福隐藏，祸是福的先行凭据；幸福里不免潜伏着灾祸、危机，福是祸的潜在前提。

  今年的雨水出奇的多，一周来总是阴雨绵绵，6 月 27 日晚 21：00，天空中又是雷声不断，小雨淅淅沥沥地下个不停，我从外面匆忙回家，当我步入一楼大厅时，由于地面湿滑，我的一只脚突然滑了出去，整个身体也失去重心，就在摔倒的瞬间我大声惨叫了一声，沉重的身体加上我的大包都压在我的左腿和左脚上，当时没有一个人，我拨通电话让家人来接我，此时此刻我的左腿已失去知觉，我在原地坐了 20 多分钟，在家人的搀扶下我痛苦地乘电梯回到家中，这时候才发现左脚像骨折一样的疼痛，家人给我抹了马来西亚买的"千里追风油"，抹了以后疼痛好像减轻了一些。

  第二天早晨 8：00 全所点名，今天是 6.28 奥运前社会面实名制演练，此时此刻我的腿脚还是肿痛，根本使不上劲，我为心非常的难过，很不好意思地拨通了政委的电话，告知了我的情况，政委让尽快去到医院拍个片子。我知道今天是一个特别的日子，所以我没有找所长请假，因为我知道所里人员非常的紧张，因此我没有勇气找所长请假。上午我抓紧时间赶到医院拍了片子,当得知没有骨折时,我紧张的情绪一下子放松了许多,但是需要休养几天。我高兴地立刻来到所里,向所长、政委汇报了情况,交了医院的诊断证明。使我没有想到的是,在当前警力紧张,人员少的情况下,所领导对我的态度令我吃惊,因为我总认为所长只抓案子,很少关心其他方面,但是这次刘所长非常关心我的伤势情况,并且叫我安心休养,不要着急,等脚好了再上班,还要找车送我回家,令我非常感动。我说:"不用了,家人在外面等我"。虽然这些看似小事,对我来说就是大事。因为摔伤的是我的身体,所长的关心温暖的是我们民警的心。

其实我的心里也是焦急万分,也希望自己早日康复,早日回到工作岗位,因为在奥运将要来临的日子里,每一个同志都很辛苦,我不去上班,其他同志们就要多干一份工作,我的心里其实非常不好受。通过摔伤这件事,让我看到了所长的变化,刘所不仅天天在抓案子,也在关心并调动每一个民警的积极性,以情待警,面对这样的领导,我的心里充满了感激!在此我通过网络真心感谢所领导的关心!

自然界中常有不测之事发生,人生之中常有旦夕祸福出现,因而须有"祸来不必忧,福来不必喜"的豁达胸襟,福与祸常常是偶然与必然的相互转变,辩证地对待福与祸,才能转危为安,避祸趋福。

在此我想讲一个小故事,当然是和这次摔伤有着非常重要的联系。事情是这样的,我只有一个哥哥,在我摔伤的前一段时间里,我们之间闹了一些矛盾,由于我们都是父母的掌上明珠,所以个性都比较强,父母拿我们也没有办法。这段时间两人一直在僵持

女警情怀
摔伤后的思考

不下，互不往来，家里气氛非常紧张。哥哥是一位放射科医生（科主任），他们医院就在我们派出所附近，可能是老天爷安排吧！政委叫我一定要拍一张片子，看看是否骨折，我也想看看是否骨折，我和家人就近去了哥哥所在的医院，到医院后我直接进了放射科，没有想到正是哥哥值班（是个星期六），我们把摔伤的事情讲了，他立即给我拍了几张片子，不同角度的，当片子出来以后，得知骨头没有发生问题，大家悬着的心都放下了。当时周围没有别人，只有我们兄妹二人，在外人眼里我们就是医生与病人的关系，当我们默默地面对时，可能就是人们常说的血浓于水吧，曾经发生的一切不愉快事情，此时此刻都化解了。哥哥告诉我要注意休息，但是不要小病大养，尽快去上班，以免影响工作。

我们兄妹虽然工作单位离得很近，但是我们之间很少往来。父母和朋友说：你这次摔伤实际是老天爷给你们兄妹创造一次极好的化解矛盾的机会。父母知道我们兄妹和好如初，消除了心头的一块心病。通过这次意外摔伤，看来有的福是祸，有的祸是福。俗话说：家和万事兴，没有一个好的家庭环境是干不好工作的。

在福与祸这对矛盾中，须明白不论福也好，祸也好，均是由主客观两方面的原因铸成的。祸患来时要经受得起，把持得住，顺其自然，幸福降临时要冷静对待，淡然处之，方可乐极不生悲。

幸福乃人人所期望、所追求的目标，灾祸却是人所厌之、恶之、避之的缘由，可世间哪有单纯的福、纯粹的祸？福祸总是相伴相生。不论福至还是祸降，我们所需要的仍是一颗"平常心"，一种"顺其自然"之念，方能超然于物外，"持身如泰山九鼎，凝然不动"。

女儿的生日

[注：此文创作于2009年1月8日，发表于北京市公安局海淀分局官网文学原创栏目]

我和女儿（童年时期）

我和女儿越南游

1月7日是女儿的生日，正好赶上我休息，特别想和女儿一起吃顿饭，可是她今天要参加期末考试，所以我答应她考完试以后好好犒劳她。平时她有时住在学校，有时回爷爷奶奶家，学校和爷爷奶奶家（爷爷的干休所）都在北京城最东面的通州，而我自己的小家住在北京城的西面，所以，我们母女俩见一次面非常的不容易。是我的工作性质决定了我们聚少离多。

上午我给女儿发了一个短信："宝贝，谢谢你！这一年来对妈妈的理解，妈妈获得的荣誉也有你的功劳，祝你生日快乐！考个好成绩。"女儿的回复："谢谢妈妈。"虽然只有四个字，但我收到短信的那一刻，内心的感受就像砸了五味瓶，眼泪夺眶而出，感情的闸门再也控制不住了。女儿大了，开始慢慢理解妈妈了，真的使我感到欣慰和满足。同时我深深地感到欠女儿的太多了。由于我从事的职业是警察，十六年的警察生涯，经历了太多的故事，无数的日日夜夜都是在工作岗位上度过的。在女儿的童年时期，需要母亲的呵护时，我却在军营中奉献着青春年华。所以说这两种身份，军人和警察就意味着奉献！因此，很少照顾孩子和老人。

在2008年的奥运会期间，我没白天、没黑夜地工作着，白

3 女警情怀
女儿的生日

天执勤（所领导亲自带班与普通民警一样，必须24小时轮流到街面巡逻、执勤），晚上写稿，所以很少回家，就在奥运会结束时，我第一件想到的并且需要做的事情就是陪女儿，并且尽量满足她的要求。从她小时候我们每次见面都是到一个环境比较好的饭店吃自助餐，便于我和女儿交谈，我们就像朋友一样什么都聊，很民主。这已经成为习惯，因为我们见面比较少，所以就要质量高一些。即使这样我也觉得欠女儿的太多了，所以见面时就要加倍的让她吃好、喝好、玩好，让她彻底的放松。另外吃自助餐种类比较多，可以任她挑选，爱吃什么吃什么，给她一个自由的空间，这是我给女儿的特殊待遇。

我从来不要求女儿在学习上如何如何，因为我认为"言教不如身教"。当她懂事以后，我处处注意自己的一言一行，特别是我近两年开始写作以来，写出的作品，都要拿给女儿看，我想作为一名大学生她一定能够理解她的母亲！

吾家有女初长成，如今女儿已是一名大学生了，现在的你在不远的将来就要走向社会，生活有时候并不像你想象的那么公平，世界上没有完美的事物，有得必有失，你已经是大学生了，我没有理由再担心你了，我要学会相信和放心。亲爱的女儿，我想告诉你，无论是你欢乐还是你流泪，任何时候你回头，妈妈就在你身后，微笑地看着你。不要害怕失败，不要担心跌倒，妈妈会扶你站起来，只是妈妈不再牵着你的手领着你走了，妈妈只会在你身后，默默看着你，人生道路曲折漫长，一步一步需要你自己摸索前行。但无论有千难险阻，妈妈永远是你信赖的人。

要学着面对一些现实，接受一些不完美，承担一些责任，自己做一些决定，因为你长大了！

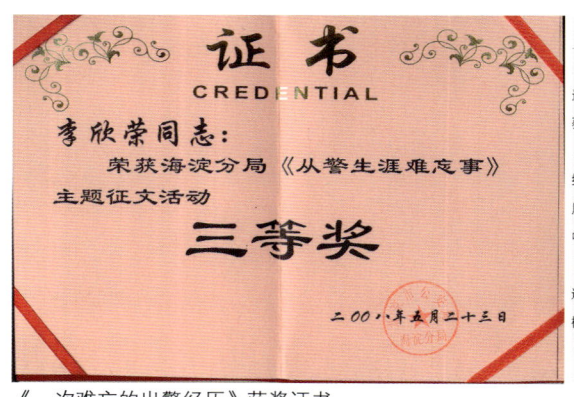

《一次难忘的出警经历》获奖证书　　《一次难忘的出警经历》获奖感言

一次难忘的出警经历

［注：此文为"我与共和国同行警界巾帼杯征文"（注：此次为第一次参加征文活动），创作于 2008 年 5 月 8 日，荣获"海淀区《从警生涯难忘事》主题征文活动"三等奖，发表于《七彩警营》期刊，汇编入《首都女警情怀（"我与共和国同行"警界巾帼杯征文集）》］

  2006 年的一次出警经历让我至今难忘。

  记得那是 2006 年 7 月 9 日，傍晚时突然天降大雨，那场大雨持续下了好几个小时，正是在这场大雨中出警的经历，给我留下了终生难忘的记忆。那天是我当治安民警后的第一次夜巡，也正是这一天让我从身体到心灵都经历了一次非同寻常的暴风雨的洗礼。平时在影视剧中才出现的场面，我在那个夜晚都亲身经历了，同时我也体会到，作为一名治安民警是多么的不容易，没有坚强的意志是很难胜任的。

  事情的经过还要从头说起，当天晚上，我和同车民警正在香山地区巡逻，19：00 左右，突然接到 110 出警任务，报警内容是：在北五环离香山出口 1000 米左右的地方，有一个年轻女子要自杀。接警后，我俩刻不容缓冒着大雨及时赶到现场，值

3 女警情怀
一次难忘的出警经历

班的副所长通过电台听到B16布警后，也带领一名民警从所里出发迅速赶赴现场。当时外面是瓢泼大雨，我们四名民警没有时间顾及外面的大雨，分别下车后站在暴风骤雨中打着手电与该女孩对话，女孩手持尖刀，架在自己的脖子上，不让我们靠近，也不与我们交流，一直在哭泣，当时情境十分严峻，我们几个人轮流开导她、说服她，问她有什么要求和想法，我们都会尽力帮她解决，经过近一个小时苦口婆心的说服和开导，终于使女孩放下了手中的尖刀，缓缓走上了我们的警车。此时，我们所有人的衣服内外都被淋湿，可想当时狼狈的样子。

经询问，才得知女孩是因为和男朋友闹矛盾，一时想不开，才产生了自杀的念头。后经过与她的朋友联系，其男友很快赶到现场，两人矛盾亦迅速化解，她男朋友非常感谢民警细致的工作，并且高高兴兴地将女友接走。由于事发突然，又值雨夜，我们只带了一把雨伞，这把伞一直在给女孩支撑着、保护着她的身体，而我们四人都被淋成了落汤鸡。但当时没有一个人去考虑自己的身体，始终站在雨中耐心劝导女孩，心里想的都是一定要保护好她的生命安全，决不能让女孩出现意外。

女孩走后，我们四人都松了一口气，准备回所休息会儿，换换衣服。当车行驶到香泉环岛附近时，因为环岛地势较低，没膝深的雨水像一条大河一样呈现在我们面前，令人目瞪口呆，眼前有近十台车辆在水里面熄了火，没办法我们只能无奈地等雨停了才能过去。要知道我们还要出110，还有许多现场需出警处置，任务十分紧急，那个晚上110报警达到了40多起，我们却被大雨困在了这里，正当我们像热锅上的蚂蚁急得团团转时，

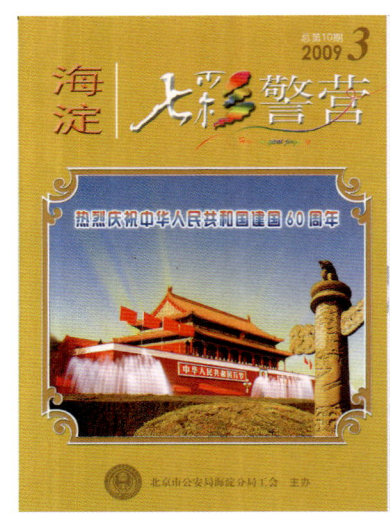
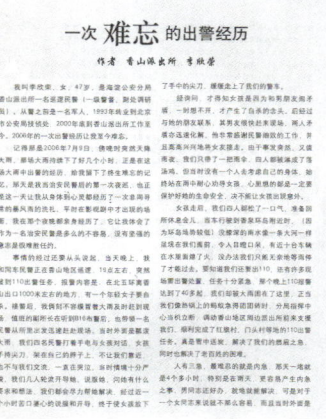

北京市公安局海淀分局工会主办《七彩警营》2009年第3期封面 / 发表文章

分局指挥中心当机立断，调动香山地区周边派出所前来支援我们，在分局的各个友邻单位的配给下顺利完成了红旗村、门头村等地的110出警任务。真是雪中送炭，解决了我们的燃眉之急，同时也解决了老百姓的困难。

人有三急，最难忍的就是内急，那个风雨交加的夜晚一堵就是四个多小时，特别是在雨天，更容易产生内急之事，男同志还好办，随便找个地方就能解决，可是对于一个女同志来说就不那么容易了，而且当时外面是瓢泼大雨，所以我是一忍再忍，后来趁着雨稍微小一点时，我冲出车门，想就近找一个厕所，谁知这时雨又大了起来，没办法，我赶快就近上了一辆公交车，公交车上的女士们也和我一样焦急万分，忍无可忍。在这万般无奈之下，司售人员看在眼里，急我们所急，果断提出让男同志到前车厢，后车厢的下车出口就成了女同胞们的临时厕所，解决完内急，车厢内又恢复了快乐祥和的气氛。这情形让我终生难忘。现在听起来像是说笑话，很是难为情，甚至有点难以启齿，但是当时我们别无选择。

在从警之前，我当了17年的兵，吃过苦受过累，也经受过恶劣环境的考验。可是这个狂风暴雨的夜晚，是我所有经历中最难忘的一次。第一次以治安民警的身份参加夜巡，第一次在

3 女警情怀
一次难忘的出警经历

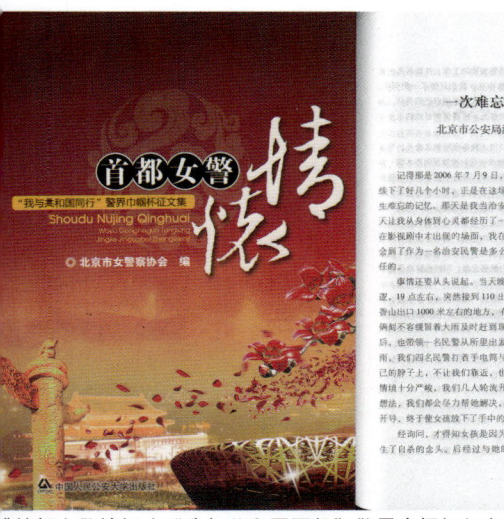

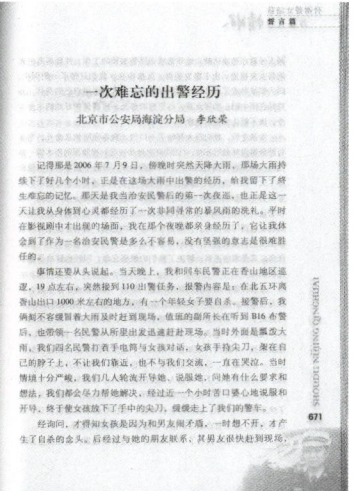

《首都女警情怀（"我与共和国同行"警界巾帼杯征文集）》封面/发表文章

瓢泼大雨中出110，第一次在五环快速路上处理自杀事件，第一次因暴雨堵车四个多小时……。这许许多多的第一次，已成为我生命中的巨大财富。没有这许许多多的第一次，面对当今高强度的警察勤务工作，我不会这么应运自如。经过那一场暴风雨的洗礼和锻炼，使我的意志更加坚强，对待工作更加热情，在今后的人生道路上好像没有我战胜不了的困难。现在想起来，还要感谢那场暴风雨的洗礼和锻炼，因为那个夜晚许许多多的第一次，丰富了我的人生阅历，以至于以后每次出警，每次夜巡都是那么的坚韧、自信。因为生活中不可能永远像那个暴风骤雨的夜晚。

其实一个人的成长过程不可能一帆风顺，遇到困难，要以什么样的心态去面对是非常重要的。多些挫折、多些困难，对于我们女警察来说是好事。我今年虽然四十多岁了，经过几年治安、巡逻工作的磨炼，现在好像和年轻人一样，有用不完的劲，我感觉自己的心理年龄像是三十多岁，工作中勇敢、干练，出警时什么都不怕，遇到打架斗殴的场面，我也没有畏惧过。如今已有三十多年工龄的我，还能站在时代的前列，战斗在公安基层工作的第一线，出警、巡逻，我感到非常光荣与自豪，在此，我要感谢党组织对我的培养，感谢人民对我的养育之恩，感谢正在迅速崛起的伟大的社会主义祖国！

元宵之夜

［注：此文创作于 2010 年 2 月 28 日，发表于北京市公安局海淀分局官网文学原创栏目］

"可以触摸的历史，可以品尝的美味"。今天是农历正月十五元宵节，阴沉了一整天的京城，傍晚天空飘起细密的雪花。花灯初上，雪花在空中飞舞，使北京的元宵夜出现了"雪打灯"的美景。记得去年八月十五阴天，全家人在一起吃团圆饭，又大又圆的月亮却藏在了云层里朦朦胧胧让人去遐想，妈妈说："古人云，八月十五云遮月，正月十五雪打灯"，还真让她老人家猜对了。

元宵夜，北京城区及郊区均有大型灯会活动，在雪花飞舞的夜色映衬下，年味儿更浓了，"雪打灯"的美丽景致也为人们赏灯游园增添几分情趣。香山派出所坐落在香山脚下，周边显得很冷清，没有灯会，香山倒彰显得满山肃穆、银装素裹、分外妖娆，没有了秋日的红叶，银白色的山峰在朦胧的月亮下反倒使元宵之夜平添了几分韵味。

在这元宵佳节的夜晚，千家万户都在团团圆圆吃元宵、看元宵晚会，我们广大公安民警在这节日的夜晚巡视、坚守。这是一年中最后一个可以燃放烟花爆竹的夜晚，恰逢"两会"即将召开，今夜任何险情都不能发生，我们公安民警必须高度重视，不敢掉以轻心，恪尽职守。在这合家团圆的元宵佳节，民警们又是惊喜、又是高兴，尽管冒雪巡逻在大街上，虽然辛苦一点，但是心里又踏实了许多，雪天可以抑制火灾的发生和蔓延，由

女警情怀
元宵之夜

工作照

于下雪，又是过节路上行人匆匆往家赶，在白雪茫茫的夜幕下，只有广大公安民警的身影在忙碌，在夜幕中穿梭，守候着百姓们的平安。

广大的公安民警用无私奉献、用青春年华给百姓们创造了安宁、幸福、快乐的家园。为保一方平安，广大的公安民警在元宵之夜为千家万户的祥和，坚守在雪花飞舞的夜幕下。

我的休闲生活
——走进天毓山庄

[注：此文创作于 2010 年 6 月 16 日，发表于北京市公安局海淀分局官网文学原创栏目，汇编入《铿锵警花亦休闲（"我的业余生活"征文集）》]

随着北京向世界城市的迈进，北京的变化日新月异。北京是国际化大都市，市区车辆的日益增长，家庭轿车的普及，城区各个交通要道和环路上，汽车排成长龙已不再是什么新鲜事了。

不知从什么时候开始，人们已乐于向城外、郊区购房、居住、休闲、度假。在不知不觉中，大家到郊外度周末已成为一种时尚，这标志着百姓生活质量的提高，也迎合当前政府提倡的低碳生活，市民也更加追求和向往低碳生活了。随着年龄的增长和阅历的丰富，我每次外出旅游、休闲度假，创作的灵感、创作的欲望就特别强烈，不动笔都不成。

前一段时间，我有幸与天毓山庄肖女士相识，她 40 岁左右，穿戴时尚、气质优雅、眉宇间透着智慧，言谈举止显得成熟、干练。初次见面我们聊得非常投机，彼此留下了很好的印象。临别前，她真挚地邀请我到天毓山庄做客。面对如此干练的成功女士，她的天毓山庄会是什么样呢？可能是好奇心在作怪，我一直想找个时间到天毓山庄，探究一下山庄真面目，但是一直没有机会，因为周末和节假日，天毓山庄肯定人多，我自然不会选择这个时间去。

初夏时节，气候宜人、繁花似锦。在一个雨后天晴的傍晚（利用第二天倒休），我和家人驱车沿着京周路跑了 50 公里来到房

3 女警情怀
我的休闲生活

《铿锵警花亦休闲（"我的业余生活"征文集）》封面

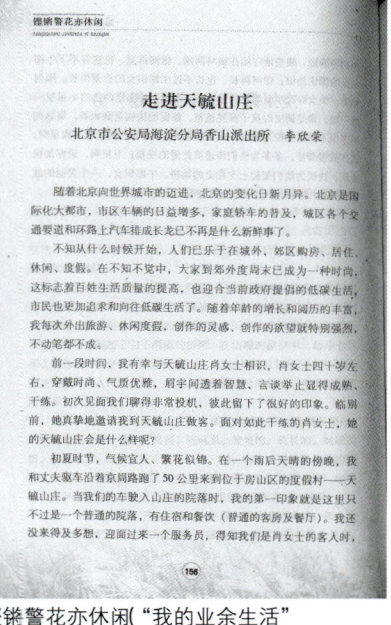

《铿锵警花亦休闲（"我的业余生活"征文集）》发表文章

山区一处度假村——天毓山庄。当我们的车驶入山庄的院落时，我的第一印象，这里就是一个普通的院落，有住宿和餐饮（普通的客房及餐厅）。我还没来得及多想，迎面过来一个服务员，得知我们是肖女士的客人时，立即带我们走进了一个带有北欧风情的别墅区——柏林郡。走进柏林郡恍如进入了一个梦幻般的人间仙境。这里得天独厚的自然环境及依山而建的北欧风情别墅，让人心旷神怡，流连忘返。当晚我们在一座汉堡餐吧、欧式别墅前的小庭院中就餐，吃的是烤虹鳟鱼、烤羊腿、各种纯绿色的大拌菜（我记得小西红柿特别的甘甜）。旁边有小桥流水、瀑布、喷泉，花木飘香宜人，加上清凉冰爽的绿豆沙饮料，做工精致的粗粮，让我们着实美餐了一顿，真可谓良宵美景，不虚此行。

饭后，我们漫步在柏林郡的小道上，柏林郡内的鲜花恣意绽放，别墅依山而建，我们走在通往花园式别墅的小路上，建筑风格各不相同，每栋别墅又是错落有致，整个别墅区都是北欧风情的乡村风格，加上屋前房后花草树木的衬托，有种置身仙境般的感觉，让人神清气爽。就在我沉醉于这仙境时，一阵山雨袭来，我们迅速跑进了海德堡别墅，这就是我们今晚的家。整栋别墅小巧别致，大门前是一个木质的长廊，古朴的纯木质长廊，更增添了乡村风格的情调。外面飘洒着雨丝，我独自一人坐在长廊的藤椅上，时间已很晚，静止不动的空气中，弥漫着浓郁的玫瑰花香。欣赏着雨夜柏林郡的夜景，各种漂亮别致的路灯遍布别墅前后及崎岖的小路边，由于是雨夜再加上星星点点的灯光映衬，整个柏林郡的夜晚美轮美奂，就像是一座美丽的城堡。进入别墅的客厅，精致的竹藤沙发椅，坐在沙发上，让人心静，没有了城市的喧嚣和嘈杂声，窗外，除了雨滴跳跃在果树叶子上的节奏声，寂静的夜晚令人心醉，室内装饰舒适典雅，彰显庄主的高贵、大气。

第二天早餐后，我们漫步在柏林郡、拍照留影。当看到"天毓山庄——柏林郡"全景的简介时，得知："昔日的官墫坑，杂草丛生，乱石林立，荒草野地，沙土飞扬。"经过"天毓山庄"全体员工几年来的奋斗、拼搏、经营、探索、辛勤劳作与精心打造管理，使今日的柏林郡小桥流水，瀑布喷泉，欧式别墅，花木宜人。此情此景，令人感慨，感慨之余是对天毓山庄建设者的肃然起敬。突然天公又飘洒几滴雨丝给我，就像在与我戏语，不经意间，山风吹来了，就像婴儿的脸。雨过天晴，又是一个艳阳天。

我回到了别墅的长廊里，闲坐在藤椅上，面对茂密的杏树林和湛蓝的天空，白色的云朵终于飘浮在碧蓝的天空中，山风吹拂着我，脑海中展开了无限的遐想，我按捺不住自己喜悦、难以言状的心情，拿起了笔，任凭山风缕缕吹拂着我的思绪……

女警情怀
《民意如天》观后感

《民意如天》观后感
——写给辽宁省本溪市公安局长的一封信

[注：此信写于2011年11月6日，当年刘国秀局长批复（刘国秀是本溪市副市长兼公安局局长），号召全局民警阅读"北京警察李欣荣的一封来信"]

尊敬的刘局长：

您好！

我叫李欣荣，曾经是一名军人，有着十七年的军旅生涯经历，现在是北京市公安局一名普通公安民警（副处调研员、一级警督）。我1993年转业到北京市公安局技侦处，2000年底到海淀公安分局香山派出所工作，有多年的基层工作经验，由于本人喜欢写作、创作，已是北京市公安文联会员。

2011年11月3日我在公安部礼堂观看了《民意如天》的话剧演出（剧作者为辽宁省本溪市公安局政治部主任）。观看后，激动的心情久久不能平静。看到你们本溪市公安局把文化建设、宣传工作搞得红红火火，我也想身临其境，走进本溪市公安局的基层向你们的民警学习，在学习中锻炼自己，不断地提高自己，争取也能写出好的作品。此时此刻，我怀着无比崇敬的心情，鼓起勇气给您写这封信，借此表达我对您及本溪市公安局全体公安民警三年来在"大走访"活动中所取得的丰硕成果表示由衷的敬意！

您及主创人员带来的《民意如天》作品，给我们首都公安民警带来了一份丰盛的精神食粮，让我们感受到纯朴的辽东公安民警的风采。你们的热情、纯朴深深地感染了我及广大的观众。

三年来，在全国公安机关开展的"大走访"活动中，你们走在全国公安队伍的前列，并在活动中抓住主题、抓住时代的脉搏，创作出如此宝贵的首部以"大走访"为题材的话剧——《民意如天》。并且在"大走访"活动中，你们本溪市公安局领导能够高度重视，把工作做得深入、细致，走家串户，在实践中摸索出经验，最后取得丰硕成果，并通过"大走访"活动，提炼出典型案例，进行艺术加工，让剧情来源于生活而又高于生活，充分发挥了主创人员的积极性和智慧，也充分利用话剧舞台形式，展示了我们公安民警的风采和敬业精神，促进了社会的和谐与稳定。

正值党的十七届六中全会胜利闭幕之际，10月31日您带着《民意如天》创作组及演职人员在公安部礼堂做了首场汇报演出，也汇报了本溪市公安局所取得的丰硕成果，你们代表全国广大公安民警向党和人民献上一份新时期公安文化的厚礼。

通过《民意如天》创作，也证明了本溪市公安局领导站得高，看得远，走在了时代的前列，能够把文化建设放在警营中的重要位置。正如孟建柱部长指出："文化是民族的根，是民族的血脉，是人民的精神家园。"文化建设是中国特色社会主义事业总体布局的重要组成部分，建设中国特色社会主义文化是我党的重要使命，树立"文化育警"、"文化强警"的理念。从而推动了全局警务工作和各项基础工作，也体现了本溪市广大民警的实力和能力，使"大走访"活动取得了辉煌成绩，也传播到全国各省市公安机关，深受公安部领导的好评。

当话剧《民意如天》在公安部礼堂演出后，深受首都公安

3 女警情怀
《民意如天》观后感

辽宁省本溪市副市长兼公安局局长刘国秀回信

前往公安部礼堂观看话剧演出

民警的欢迎、喜爱。广大民警深受鼓舞，很多民警表示"我们十几年都没有看过话剧了，今天非常难得这么休闲、惬意地欣赏话剧，特别是关于我们民警题材的话剧"。

作为一名北京的人民警察，我在观看演出中多次被剧情人物真情感动得落泪，我想会有很多同志和我一样落泪。在现场，时常能听到观众报以热烈的掌声。这掌声是广大民警对作品的肯定，对全体演职人员的赞赏。观众的泪水也是对作品及演职人员的信任和支持，无论掌声、还是泪水都是我们对这部话剧最好的评论和肯定。整个剧情故事情节真实感人，说明主创人员深入一线，深入基层。只有深入一线、深入基层，才能创作出有生活，有内容的精品。剧中人物个性鲜明生动，生活在社会底层的"小人物"的生活艰辛，以及他们在生活中的甜酸苦辣被演员们展现得淋漓尽致。同为民警，让我们良心发现，用真情去感染百姓，用法律去教育群众，用关爱去影响群众是人民警察的责任和义务。

编剧黄文彪主任（辽宁省本溪市公安局政治部主任）亲临观众席中，认真倾听广大观众的心声和反响，这是一位多么有社会责任感的编剧和公安队伍中的领导啊！我心中升起了些许

《民意如天》演创人员受到当年公安部长亲自会见（此剧为全国公安主旋律优秀作品）

敬佩，同时，我能有幸与该剧的编剧相识，深感荣幸与自豪（我和编剧相差一排座位，听到大家都在介绍他）。希望今后有机会可以亲临贵市，利用休假、体验生活，一睹贵局民警的风采，走进本溪市广大的公安民警中去，到他们最熟悉的基层工作中挖掘、发现、捕捉到好的素材，也能亲临感受编剧黄文彪主任在百忙之中的笔耕不辍精神，当面传授我一些宝贵的创作经验。在黄文彪主任的影响下、帮助下，我想大家一定能够共同创作出新的、把握时代脉搏的、反映新形势下公安民警题材的好作品。让我们顺应十七届六中全会精神，进一步唱响"人民公安为人民"的主旋律，努力推进社会主义文化的大发展和大繁荣。

经久不息的掌声在礼堂上空回荡，感动的泪水在每个人的脸上流淌。慢慢走出礼堂的人们思绪飞扬，人群中不时发出这样的感慨："我们的民警、领导干部要都能这样开展工作该多好啊！"我们的社会一定更加和谐、平安。

此致
敬礼

北京市公安局民警李欣荣
二○一一年十一月六日

调研文章（2007—2008年）
——香山地区流动人口管理工作存在的问题及对策研究

[注：此文调研于 2007-2008 年，荣获"北京市公安局海淀分局 2007-2008 年度调研工作优秀调研个人"表彰，汇编入《北京市公安局海淀分局优秀调研文章选编（2007-2008 年）》]

摘要　　近年来，随着香山旅游业的不断发展，香山地区外来人员激增，既为香山地区经济发展注入了新的活力，也给该地区治安管理工作带来巨大压力。本文在对香山地区常住及流动人口结构特点全面把握的基础上，深入分析了当前流动人口管理工作中存在的问题，并提出下一步改进工作的对策建议。

关键词　　香山治安流动人口管理

香山有得天独厚的自然风光和丰富的人文资源，其功能定位与规划发展历来为研究关注的热点。城乡结合，农居混杂，管理难度大，受周边区域城市化进程快速发展挤压效应的影响，近几年地区流动人口激增，与常住人口比例最高达 3.5∶1，并在逐年上升。流动人口的服务与管理已逐渐成为香山地区的工作难点。

一方面，流动人口为地区经济和社会发展注入了新的活力，另一方面也带来了诸如社会治安、交通秩序、经营秩序、环境卫生、公共资源供需矛盾等一系列社会问题。流动人口作为地区的一个特定的大群体，在构建和谐香山的进程中必然发挥独特的作用。此次调研旨在提取流动人口服务与管理方面好的做法，并在分析地区流动人口特点，服务与管理的难点问题基础上，提出可行建议，进一步加强地区流动人口的管理与服务工作，更好地推进和谐香山建设。

一、香山地区常住及流动人口现状分析

香山作为重点旅游风景区，同时也是城市近郊城乡结合部，流动人口有自身的一些特点，构成情况比较复杂，现就我们目前调研的情况具体分析如下：

（一）构成状况

截止到 2008 年 11 月，香山地区人口总数为 59963 人；其中常住人口：居民 7115 户，14972 人，男 7490、女 748；农民 3420 户、7086 人，男 3218、女 3868。流动人口 37695 人，占香山地区人口总数的 62.86%，其中外来务工人员 33135，经商人员 510 人，临时暂留人员 240 人，闲散人员 3810 人。外籍来京人员 210 人，散居南植、北辛村、公主坟等多地。

（二）分布状况

1. 省市分布状况（户籍地）

香山地区外来人口分布情况（按户籍地划分）

户籍地	人数	所占比例（%）	户籍地	人数	所占比例（%）
四川	1743	4.6	山西	1397	3.7
河南	5468	14.5	江西	488	1.3
河北	8984	23.8	浙江	256	0.7
安徽	2913	7.7	湖南	897	2.4
黑龙江	2873	7.6	湖北	1648	4.4
辽宁	1698	4.5	陕西	959	2.5
吉林	1294	3.4	天津	148	0.4
内蒙古	1793	4.8	江苏	769	2.0
福建	297	0.8	云南	123	0.3
山东	3267	8.7	甘肃	681	1.8
合计			37695		

2. 居住方式分布状况

散居社会的人员26178人，内部单位用工人员7136人，住建筑工地人员3221人。由此可以看出外来人员在香山地区居住方式主要以散居为主。

（三）涉足场所状况

香山地区外来人员涉足行业场所178家，涉及餐饮酒吧、娱乐场所、公司企业、商店超市、中介机构、培训机构等六大行业场所。从中我们可以看出，外来人员在香山地区涉足的主要场所为餐饮娱乐，这些行业场所又是极易发生治安案件的地方。如拎包、扒窃、打架斗殴、聚众滋事等。

（四）闲散人员状况

流动人口的不可控性，造成管理上的诸多薄弱环节，香山地区外地来京人员中，闲散人员较多，现有闲散人员3810人，占外来人口总数的10.1%，这些闲散人员也是当地不安定的因素之一。特别是桃花节、红叶节期间，带客停车问题较为突出，每天约有五六十人带客违法停车；黑导游约二三十人穿梭在景区中；非法贩卖红叶片的人员约四十多人等，严重影响了旅游景区的形象，破坏了环境秩序，影响非常恶劣。

二、香山地区流动人口管理工作中存在的问题

（一）住宿登记情况

在分局人口处的指导下，依据市局开展的外来人员和境外人员住宿达标工作规范要求明确职责任务，香山派出所的社区民警根据"以房找人、以房管人"的工作思路，通过宣传发动，依靠物业、居委会和社区辅警力量在摸清出租房屋底数的基础

上,建立了外来人员住宿登记台帐,今年以来,境外人员住宿登记数量提高。但是,外来人员失控漏管现象时有发生,外籍人员非法居留问题仍有待进一步解决。宾馆饭店住宿登记不及时等现象时有发生。

(二)社区管理情况

(1)社区安防措施不到位,香山地区平房居多、年久破旧,在社区管理上缺乏相应的配套设施,如社区安全保卫力量少,技防建设推进速度缓慢等,严重影响到整个社区的安全防范工作,使外来人员受侵害的风险也相应加大。

(2)暂住人员不办证,极易造成藏匿违法人员,无照经营,不按规定登记的旅馆是隐藏不法分子的地方。不易被发现,且普遍存在不遵守法律法规、不办理旅客住宿登记的行为,极易为外来违法犯罪分子提供藏匿的空间。

(三)涉足场所情况

(1)内保单位管理基础工作薄弱,内部单位的物业保卫部门对进驻公司的人员底数不清。

(2)餐饮娱乐场所外来人员数量众多,极易引发治安问题。餐饮、酒吧、娱乐等行业场所存在治安隐患。

(3)香山地区的民办学校和培训机构管理比较混乱,治安案件时有发生,有待加强管理。

(四)在香山地区居住的流动人口被侵害情况

(1)外来人员大部分防范意识差,社会经验不足,极易发生被盗和被骗事件。

(2)外来人员暂住地越集中发案就越高,外来人口在本辖区流动性较大。

（3）香山地区平房较多，夏季和春节前发案率较高。

三、香山地区流动人员管理工作对策建议

我们的目标是要建立一个流动人口与当地居民和谐共处，共建共荣的和谐大香山，努力形成人人有责、人人共享的和谐局面。香山地区的承载力和流动人口的数量应当基本相适应。在流动人口的管理与服务上，我们已经取得了一定的成绩，积累了一定的经验，但还有很多问题有待进一步解决。主要表现在：一是农居混杂的二元式管理体制需要统一，二是需要相关部门给予一定的政策支持，做到协调有力度，管理有制度。为进一步做好香山地区的流动人口管理工作，提出如下对策建议：

（一）加大对违规建筑的查处力度，规范出租房屋管理

出租房屋是流动人员的落脚点，在流动人员的生产生活中，是最基本的保障条件。流动人口落脚点控制，是流动人口管理工作的切入点和突破口，管好了出租房屋，就能掌握流动人口的基本信息。下一步，应以信息化建设为契机，加强香山地区各类外来人员信息采集工作，进一步开展各项管理与服务工作。

针对近年来香山地区违章建筑逐年增多的情况，建议建立稳定的管理机构和管理制度，实施综合管理：一是将城乡结合部的所有建筑，一律纳入规划管理范围，同时严格农民、居民修建房屋的审批程序，加大对违法用地、违章建筑的查处惩罚力度。二是依法管理，明确派出所、街道、城管、交通、工商及房地产等有关部门在出租房屋管理上的责任，在各负其责基础上加强协作配合。三是全面清理私房租赁市场，严查违法出

调研文章获奖证书

租现象，摸清租赁市场资源分布情况。四是健全管理机构，实施综合的动态管理，尽快在社区成立出租房屋基层管理服务站，综合协调出租房屋各方面的事务，明确界定出租义务与责任，实现"以房管人"。

从限制违章建筑基础上摸清和限定出租房屋的数量，从根本上可以解决香山地区流动人口无限制膨胀的问题。在此基础上，出租房屋的有序有效管理才能成为可能。

（二）借鉴小区管理模式，实行条块围合式统筹管理

香山地区的社区分大院式和开放式两种，六号院、北炮等社区属于大院式社区，香山第一、第二社区等属于开放式社区。从社区的环境和管理水平等各方面看，前者的管理明显好于后者。香山大部分的平房社区都分布在后几个社区，布局混乱，相对拥挤，极不便于管理。根据民房实际情况，可以借鉴城中村条块围合式治安管理模式，对流动人口实行"围合式"管理。实行条块围合式管理符合香山的实际特点，也是建设旅游风景

3 女警情怀
调研文章（2007—2008年）

《北京市公安局海淀分局优秀调研文章选编（2007-2008年）》封面/发表文章

区良好的外部环境的需求。由于管理相对统一，边界清晰，除了治安状况能有较大改善外，同时得到改善的还将有社区环境、社会秩序、公共资源的配置效率和居民相互之间的关系。

（三）以资源整合为基础，加快人、物、技防建设

香山街道给香山派出所各社区民警配备了协管员队伍，按照市局外来人口办证登记达标工作规范要求，协管员在社区民警的带领下，完成了各社区外来人口的基础信息工作。同时由所领导牵头，各社区民警具体负责落实，以辖区内的老旧平房为重点，包括外来人员涉足的餐饮酒吧、娱乐场所、酒店超市等场所，积极协调街道、学校、企事业单位，通过封闭小区安装监控设备、楼宇对讲系统等物防、技防设施，提高外来人员涉足场所防范打击违法犯罪活动的能力。

（四）加大清理整顿工作，全面打击流动人口犯罪

针对香山地区流动人口违法犯罪活动情况，要深入分析其活动特点，掌握第一手资料，研究专题打击对策，不断提高打

击外来人员违法犯罪的力度，降低本地区的发案率。一是在日常管理工作中加大对易滋生隐匿违法犯罪活动场所的侦查与管理，力争多渠道发现外来人员违法活动线索，适时予以打击。二是加强对辖区各行业场所的法制宣传活动，对于违法经营或存在治安隐患的要责令停业整顿。三是会同城管、工商、交通等部门定期对辖区内的无照摊商、游商、无照驾驶摩托车、黑车等突出问题采取联合清理整治行动（今年国庆节、红叶节期间，派出所集中打击贩卖红叶片、黑导游、带黑车等扰序人员，拘留处理123人）。四是以警情判断为依托，提高防范和处置突发事件能力。建议巡警支队针对香山地区游览高峰期警情高发的情况，适当增强巡逻警力支援，加大香山南路、闵庄路、香颐路等重点路段的巡逻力度，有效控制警情发案。

（五）进一步完善流动人口管理体制，发挥外来人口对城市发展的积极作用

一是强化公安部门的管理职能，整治治安环境，维护城市社会秩序。二是充分发挥社区组织的作用，实行"谁用工，谁负责"管理原则，将部分社会管理职能"内化"为企业的责任。三是转变城市外来人口管理模式，变突击性的、不规范的行政管理为经常性、制度化的"行政—法制化"管理，变孤立的行政治理为"市场调节—行政综合性"的管理，提高管理效率。对待流动人员要提供周到、热情的服务，保障外来人口的合法权益，为他们在城市中正当的活动提供各种方便，以利于更好地发挥外来人口对城市发展的积极作用。

4 警营佳话

2006年拍摄于家中

工作之余闲来弄墨

生命并非一个发现的过程,而是一个创造的过程。你并不是在发现你自己,而是在重新创造你自己。所以,别急于发现你是谁,而该决定你想做谁

红叶映衬下的香山干警

[注：此文创作于2008年10月8日，发表于北京市公安局海淀分局官网文学原创栏目]

  漫天飞舞、扬扬洒洒、徐徐飘落在"鸟巢"的香山红叶，在优美的旋律中、在空中飞舞的情景，我想人们会记忆犹新，那精彩的一幕会永远地留在世界人民的心中，也永远地留在了这金色的秋季里。就在残奥会闭幕后不久，北京又迎来了国庆长假，可想而知在这个长假期间，香山这个古老的地方又要沸腾了。本来香山已经没有淡季，人气很旺，在精彩绝伦的残奥会闭幕式"香山红叶"的渲染中，香山在金色的秋季里会更加迷人、更加辉煌灿烂。

  香山派出所坐落在美丽的香山脚下，紧邻北京植物园。地处旅游胜地、黄金地段。每到国庆长假，旅游旺季，香山地区每天都会聚集中外宾客数万人。

  香山派出所的全体民警们在经历了奥运会、残奥会的考验和锻炼后，这支队伍是特别能吃苦、特别能战斗的集体。在前一段两个奥运同样重要、同样精彩的日日夜夜，每一位民警都坚守岗位，还没有来得及倒休，香山所的全体民警又要投入到国庆节的安全保卫中去了，为了百姓过一个祥和快乐的国庆佳节，为了确保香山地区及两个公园周边的安全，我们的每个民警都是舍小家为大家默默地奉献着。在人海茫茫中，哪里有困难，哪里就有我们人民警察的身影，在国庆黄金周的日子里，香山派出所全体民警爱岗敬业、无私奉献的精神换来的是几十万游人的欢声笑语和休闲之旅。

乐于助人的好民警

[注：此文创作于 2008 年 8 月 10 日，发表于《七彩警营》期刊、北京市公安局海淀分局官网文学原创栏目]

　　于涛同志是香山派出所的一名户籍民警，年过不惑之年的他长着一张可爱的娃娃脸，白白净净的他和实际年龄极不相符。

　　他是户籍办公室的负责人，因为乐于助人，和大家相处得非常好，威望也很高，所以大家都亲切地叫他"于主任"。由于他的业务水平和计算机水平都很高，而且打字速度也非常快，所以很多同志有事情都爱求助于他。目前他们户籍室一共三人，除他以外，一个是蔡大姐，岁数较大，身体又不太好，而另一个是夏哥，刚刚从分局政治处调过来（原是军转干部），在业务上也不太熟悉，所以在工作上、业务上于涛同志就主动的多干一些，尽量让他们少干一些，特别是每天早晨于涛来得很早，进办公室后就是打水、拖地、擦桌子，把户籍室的卫生搞得干干净净，有时大姐来得晚一些，赶不上吃早点，于涛和夏哥就主动把早点带回来给大姐准备好，他们三人互相帮助、互相尊重、互相体谅、团结一致，让彼此有一个愉快的心情好好工作，三个人在奥运期间再苦再累也愿意来单位，因为这里不是亲人却胜似亲人，大家有一个轻松愉快的工作环境，非常难得。我想在这里说："这个团体，于涛同志起了核心的作用，所以才有了这么好的工作氛围"。

　　于涛同志不仅分管户籍工作，还兼管香山地区养犬登记工作，工作量大、范围广，人员素质参差不齐。我常开玩笑说："于

4 警营佳话
乐于助人的好民警

北京市公安局海淀分局工会主办《七彩警营》
残奥专刊 2008 年第 4 期封面

北京市公安局海淀分局工会主办《七彩警营》
残奥专刊 2008 年第 4 期发表文章

主任权力真够大的，不仅管人的户口，还管狗的户口。"在办犬证期间，于涛同志早上7：00（所里8：30上班）来了就开始办公，从不计较上班时间，任劳任怨。特别是在备战奥运和奥运开幕这段时间，他们户籍室不仅白天要坚持上班，下班后，晚18：00至夜里24：00还要夜巡，一天下来非常忙碌，他身体不是太好，并且也是四十好几的人了，可是他从没向所领导提出任何需要照顾的要求，他知道所里人员非常的紧张，他要是请了病假，户籍室和巡逻警力都要受到不同程度的影响，所以他咬牙带病坚持工作。他的这种工作热情也带动和影响着身边的同志，他们户籍办公室在奥运期间靠着团结友爱、互相帮助、互相鼓励，严格按照规章制度办事，工作中没有出现任何差错，三位老同志给我们作出了表率。

我和我的搭档

[注：此文创作于 2008 年 8 月 17 日，发表于《七彩警营》期刊、北京市公安局海淀分局官网文学原创栏目]

所里人开玩笑把我的"搭档"叫我的"老伴"，为何说"老伴"，是因为我们俩在所里是年龄最大的一对搭档。

我的搭档老段是一个 50 多岁退下来的老所长，他黑瘦黑瘦，每天早晨都坚持爬山，言语不多，比较内向。我们每天上车巡逻时，他第一件事就是去把汽车冲洗干净，因为市局、分局经常检查车容车貌。由于他眼睛已经花了，所以他只管开车，其他的关于交接班登记、盘查核录工作、奥运期间检查桥梁看护工作、B16 布警出 110、事主登记等等，这些事就由我来承担，我们都是老同志，所以在工作中配合相当默契，不用费心着急。他每天负责听 B16 频道，我听警卫处频道，遇到市局、分局督察检查时，一般都是我来回应，当分局检查人员看到我们都是老同志时，都不忍心考核我们各种条文规定，因为我们都把各种规章制度随身携带完好，特别是我们都非常尊敬督察人员，我每次都给他们敬礼，并把各种检查记录主动交给他们，他们看到我认真的样子，每次都是很快的结束检查，时间久了我们也和督察人员成了朋友，他们高兴地叫我大姐。

我和我的搭档从 7 月中旬备战奥运到奥运会结束历时一个半月时间，这期间全所人员停休，因此我们基本上是朝夕相处。说实话我们开始搭档时，也不是非常的愉快，因为老段同志爱抽烟，而且总在车里抽烟，我最闻不了烟味，因为他比我年长，

4 警营佳话
我和我的搭档

北京市公安局海淀分局工会主办《七彩警营》残奥专刊 2008 年第 4 期封面

北京市公安局海淀分局工会主办《七彩警营》残奥专刊 2008 年第 4 期发表文章

我不好说什么。但是，老段同志是个比较细心的人，他观察到我不喜欢烟味后，就不在车上抽烟了。目前，我们这对老搭档工作配合得非常默契。

我们是 6701 巡逻车组，一级定岗定位巡逻车，是直接由市局、分局通过电台布警出 110。每天早晨 8：00 至晚上 18：00，包括一日三餐，我们都在一起，有时吃着饭有突发事件，也随时都要出警。说实话，他面对我的时间比他看老婆的时间都长，他家住在中央民族学院内，他每天都要早出晚归，早上 6：00 就出门，晚上八九点钟才回到家，赶上特殊情况时要加班到晚上十一二点。我和家人相处的时间也很少（女儿住爷爷奶奶家，在北京城最东面，我在北京城的西面，由于较远，奥运期间一个多月都没有见过面，父母家离我较近也没有时间去看望），工作忙碌了一天，下班后，有时在单位浏览一下公安网上的新闻，有时再写一些稿件，到家也都是晚上

21：00以后了，洗洗就睡了，连看电视的精力都没有。所以我和家人相处的时间还不如我和搭档时间长。

其实，我和搭档也是奥运期间的临时搭档，平时我们都各自有搭档，这次我的搭档被调到五棵松奥运场馆，所领导为了照顾我和老段同志，在所里人员十分紧张的情况下，特别关照我们巡逻民警中的老同志，他是全所巡逻、治安民警中最年长的一个，我是全所唯一一个外勤女民警（内勤民警要随各班走，并且值夜班），所以尽量不让我们上夜班。

所领导要求我们每天中午12：30就要出车巡逻，7月底至8月份天气非常闷热，但是我们两位老同志严格按照所领导的规定按时出车，所里其他同志都可以睡个午觉（因为大家都有夜班），可我们没有午休时间。尤其是老段同志，年纪那么大，但是对工作却非常敬业，这让我很感动。他为了让我能挤出一些时间写作，总是给我创造条件，每天中午，在巡逻期间，他总是主动下车工作，让我一个人留在车里写奥运通讯报导。因为我是报导员，要求奥运期间每天发两篇稿子，上下午各一篇，所以我经常是工作期间在巡逻车上写作，到所里有时让大学生志愿者们帮着打字，完成稿件并在公安网上发稿。在此我要谢谢我的搭档和帮我打稿的志愿者们。

为了配合6702、6703迅速出警，老段常说："有事大家互相帮一下"，有一次，我们刚刚吃完午饭后不久，香山地区有一起入室盗窃案，所里指挥平台让6703车组出警，老段听到后马上说："咱们也去配合一下，人多力量大"，我们马上赶到现场和6703车组王志军同志联系，他说："已将犯罪嫌疑人抓获，

奥运期间写作

不用我们到现场了"，我们才离开恢复正常巡逻工作。还有一次，已经到中午吃饭时间（11：30），我和老段已走进食堂，还没端起饭碗，有一紧急通知要求香山派出所派一辆警车到香山南路上警卫，说有国家领导人从国家射击场馆出来途经香山南路，让我们做好保卫工作，老段同志和我主动去执行任务，让其他车组同志按时吃上饭，当我们回来时，都快一点钟了才吃上午饭，可我们一点怨言都没有，这就是我们老同志的觉悟吧，可敬可赞。

欢声笑语，其乐融融

［注：此文创作于 2009 年 1 月 24 日，发表于《七彩警营》期刊］

北京市公安局海淀分局工会主办《七彩警营》2009 年第 1 期封面 / 发表文章

　　2009 年 1 月 23 日 17：30，在风景秀丽的香山脚下、旅游风景区内的四季御园大酒店小宴会厅，香山派出所全体民警及家属，欢聚一堂、举杯共饮，庆祝传统佳节——春节。

　　到场的领导及嘉宾有：分局纪委书记付志华同志、四季青镇镇长李万生、副镇长杨青山、香山街道副书记胡宏宇等。分局付志华书记、李镇长、街道胡书记在联欢会上分别做了发言，他们首先肯定了香山派出所在 2008 年所取得的成绩和为地区保一方平安所做的贡献，其次各位领导也给香山派出所 2009 年的工作提出了希望和更高的目标。随后各位领导与民警及家属畅谈 2008

年我们国家和香山派出所取得的骄人成绩。同时也感谢广大的家属们对公安民警工作的理解与支持。2008年香山派出所60%的人员在这一年中获得各种奖励，为奥运和社会的安定做出了贡献。联欢活动在热烈的气氛中分三个时间段进行抽奖。无论是中奖，还是没有中奖人员，都是在欢声笑语中度过了一个开心的夜晚，无论是大人、孩子拿着红包和大礼包高高兴兴回家。广大民警和家属们期待着2009年给他们带来更多惊喜和收获。

最后刘先武所长代表香山所全体民警感谢分局领导和地方各级领导在百忙之中参加香山所的家属联欢活动，感谢分局党委和四季青镇、香山街道在2008年度对所里工作的大力支持。

她——成功的转行

［注：此文创作于 2010 年 3 月 8 日，发表于《七彩警营》期刊、北京市公安局海淀分局官网文学原创栏目］

正值"两会"期间，又逢"三八"国际妇女节 100 周年纪念日。在这特殊的日子里，我想向大家介绍一位我的同事也是好朋友成功转行的故事，她的故事可以让我们知道，一个人只要肯努力，没有什么不可逾越的障碍和战胜不了的困难。

她叫康玉娟，身高 1.85 米，12 岁进入解放军八一体工大队，从事排球事业十八个春秋，参加过很多大大小小的比赛，取得过不少辉煌的成绩，由于年龄的限制，2007 年她满怀对排球事业的热爱，依依不舍地告别了她人生的第一个职场——解放军八一体工大队，告别了伴随她美好青春年华的排球场。十八年的青春岁月，无数的汗水、泪水洒满了她的成长之路，身上无数的伤痕一次次磨炼了她的意志，同时也记录下了她的运动生涯的辉煌战绩。她带着对青春美好岁月的留恋离开了解放军八一体工大队。

2007 年她转业到海淀分局香山派出所。刚来时，大家对她投去了疑问的目光，那目光像是在说：她一个 1.85 米的大个子，从 12 岁起就从事体育运动，今后在电脑前能坐得住吗？并且她已经是 30 多岁的人了，还能重新开始学习公安业务吗？新时期的基层派出所，工作量大，工作效率高，在值班室时精神上要高度紧张、事无巨细，她能适应吗？她能静下心来吗？这一系列的问题在她面前摆着，同时也是她要面临的实际问题，她要面对和迎接新的挑战。

4 警营佳话
她——成功的转行

北京市公安局海淀分局工会主办
《七彩警营》2010年第1期封面

北京市公安局海淀分局工会主办
《七彩警营》2010年第1期发表文章

一切从零开始，经过三年多的刻苦努力学习、虚心请教老同志，她已经熟练地掌握了各种业务，她现在分管的部门有治安、内保、消防、警卫及犬证等。她虽然是运动员出身，但实际上她是一个心灵手巧、很细致的女性。

一个女同志负责办犬证，她经常要深入到居民区办证，一办就是一天，有时在太阳底下暴晒、闷热，从没有怨言，领导让干什么就干什么，从不挑肥拣瘦，和大家的关系非常的融洽，得到所里领导和同事们的一致好评。

所里内勤平台四个女同志，她像一个大姐一样，工作热情高，平时非常注意小节，不仅默默地工作，还能帮助其他人完成任务，善于团结同志，很好地完成了各项工作任务，2009年底受到分局嘉奖，2010年又被分局授予"三八"红旗手。

正值"两会"期间，全所停休，她克服离家远、孩子小、自己年龄较大的困难，从不迟到早退，全身心地投入到工作中去，严格贯彻执行各项规章制度，起到了共产党员的先锋模范带头作用，她在平凡中诠释了人民警察的职责。

一位老人的情怀

[注：此文创作于 2008 年 7 月 29 日，发表于北京市公安局海淀分局官网文学原创栏目]

我相信缘分。一天，我接到以前的同事（市局技侦处政委）打来的电话，就是这个电话，让我邂逅了一位我曾经非常敬重的老领导，他就是本文中要讲述的主人公。这天下午，雨过天晴，阳光明媚。我来到某公墓，迎接这位老人家，陪他到公墓为逝去的老伴选择墓地。

原北京市公安局局长张良基

我赶到公墓，这里已经下班，巧的是公墓陈主任值班，我把情况简单地说了一下，陈主任愉快地接受并积极配合我的工作，我们按约定时间来到公墓大门口，当我第一眼看到这位德高望重的老人时，只见这位老人体态适中，面容显得非常干练，穿着朴素大方，步履稳健，不像我想象中的一个 70 多岁的老人，和他的实际年龄相比，显得年轻了许多，当我们步入公墓的会议室，陈主任给我们介绍了一些墓地情况，想听听家属有什么想法和要求。当我和陈主任得知老人的儿子就葬在此公墓，但老人家

警营佳话
一位老人的情怀

并不知道此事时,我和陈主任都很惊讶,一时无语,家属为了不让老人伤心,在几年的时间里都没有告诉老人家这个秘密,因为他是老人唯一的儿子,是在一次意外的事故中遇难,所以一直没有告诉他具体下葬的地点。这次老人的老伴又先他而去,老人要亲自给她选墓地,就在我们大家随老人一起走进墓地的各个区域时,老人的步履很矫健、头脑清晰、思维敏捷,当我们都在往前继续行走时,老人家突然停下了脚步,就像有一双无形的手拉住了他,他的女儿说:"爸爸,你是否已经有了感应",老人家说:"雷雷就在这里(儿子的名字)",此时,女儿对我们说:"那就让他老人家看看吧",我紧走了两步搀扶着老人往前走,装作什么都不知道,我说:"您看看哪个是"?老人家在儿子的墓穴旁站住了脚,墓碑及周围有很多灰尘和树枝,根本看不清亡者的姓名,可直觉告诉他这就是他的儿子,或许这就是所谓的心灵感应。紧接着他的女儿和身边的工作人员马上把灰尘擦去,家里人拉着老人的手说:"咱们走吧",老人说:"我不走,我要看看儿子",老人家站在墓碑旁:"儿子,爸爸来看你来了,过几天你妈妈也来陪你,爸爸给你点一支烟吧",然后老人点燃了一支烟深深地吸了一口,亲自俯下身去为儿子插上了一支香烟,此时老人把父亲对儿子的爱全部倾注在这支烟里,点燃化为灰烬传递给了儿子,我们很多人想替他蹲下身把烟插到小香炉里,可他执意不肯,此时一个慈祥的父亲柔情似水,所有的痛苦他老人家都深深地埋藏在内心深处,那一瞬间,我的心都快碎了,因为我也有孩子,也是为人父母,知道这种感情的割舍是无法用语言描述的,我的泪水在眼里打转,不忍心目睹这一切，转过身去，看别的地方，这时家里人和老人身边的工作人员都在清扫墓碑，老人家平静地起身，似又完成了一大夙愿，坦荡地离开了儿子的墓穴。

老人家是那么的坚强和坦荡，使在场的人都没有想到，后来我怕老人家心里难受，主动上前搀扶他并和他聊天，帮他分散注意力，老人和我聊到了奥运会，他老人家说："目前奥运是国家的头等大事，保证奥运的安全是我们警察的责任，当前民警们的压力很大，一定非常辛苦，这次奥运会安全形势很严峻，能够平安、顺利地举办这次奥运会，不出现意外就是最好的结果，我们民警付出了巨大努力和艰辛，但我们的民警也是幸福和快乐的人，我们这些老同志都想着、盼着国家把这届奥运会办好，现在正是你们年青人拼搏的时候，也是党和人民考验你们的时候，我们老同志祝福你们，并期盼奥运圆满成功"。这时我的心里非常震惊，此时此刻，他老人家在已经失去儿子，晚年又失去老伴的情况下，应该说这种打击和痛苦是常人难以承受的。可他仍然心系奥运会的安全保卫工作，心系公安事业的发展和队伍建设。

此时，我想大家都想知道这位老人是谁吧？他就是北京市公安局的老局长——张良基同志。他今天给我上了一堂非常生动的人生课，他的坚强，他的宽广胸襟，是我们全局民警学习的榜样！作为一名普通基层民警能与这样德高望重的老人相逢倍感高兴与自豪。

老局长在西山的日子

[注：此文创作于 2008 年 8 月 9 日，发表于北京市公安局海淀分局官网文学原创栏目]

"爱将笔墨逞风流，庐结西郊别样幽，门外山川供绘画，堂前花鸟入吟讴。"七月下旬，他的老伴因病去世，他住进了北京西山脚下的景明园宾馆，在这里休养一段时间，同时也换一下生活环境，免得在家中睹物思人，给老人的心里造成更大的痛苦。在此期间，老人准备给老伴选一个风景秀丽，气候怡人的风水宝地，把跟随自己一生的爱妻安葬于此，同时还可以看看儿子，想让他们母子在今后的岁月里永远的相伴，这是老人的一大心愿。

我和老人从相遇到相识已慢慢成为忘年交的朋友，我可以读懂他的心事，愿意帮助他完成心愿，他也愿意和我畅谈他的往事，我们每次见面就像多年的朋友，没有那么多的寒暄、礼节。我们很默契地接受对方，这也许就是年龄差所致。我每次见到他，他的目光告诉我，只有我才能读懂他这本厚重的书，他的内心和感受需要别人的关注，他见到我，就显得精神振奋，愿意和我一起回忆往事，也愿意和我谈他当年是怎样面对一个个部下，是怎样帮助他们走上了领导岗位，其实了解一个人的内心是不容易的事情，我有责任和义务帮助老人家完成他晚年的愿望，协助他整理并写出他一生的杰作。

我看到老人家的生活起居很有规律，像一个老军人一样的遵守时间，生活上不仅完全自理，还是一个比较讲究的老人，干净利索、有品位，特别是穿上运动装，戴上帽子，显得很时尚、很帅气。在健身方面老人也从不偷懒，早晚坚持在植物园里走大圈，进行健身运动。对于一个70多岁的老人来说，能走很长的路，气不短，步履矫健，让年轻人不得不佩服，同时再次证明老人做事情有毅力，并且很自律。这和老人的职业生涯有很大的关系。老人也坚持游泳，生活很有情调。他见到我又是那样的慈祥，没有一点点叱咤风云的痕迹，我总想在他的脸上寻找当年的威严和盛气凌人的公安局长印记，却总是找不到，与我听到的和见到的这个可爱的老人总是对不上号。很难相信他就是当年叱咤风云、赫赫有名的公安局长。老人晚上也在写一些东西，仍然关心国家的大事、公安事业的发展，这种生活态度和作风很难得。

对待子女的问题，老人很民主，遇到大事小事都征求女儿们的意见，父女的感情很深，老人的心里想什么，女儿们都知道，可老人尽量不给两个女儿找麻烦，也不影响她们的工作、学习、生活，真是一位明智的老人。

每到傍晚夕阳西下，总有一位老人在家人及身边工作人员的陪同下，漫步在北京植物园弯曲幽静的小路上，在老人的心情一天天好起来的日子里，他的脸上开始绽放出笑容，他的笑有时像孩子一样灿烂，他的笑透着孩提时代的童真，那么的可爱，那么的阳光，笑里没有一丝的杂念。有一天他在游泳池边小息时，我们短暂的见面却给我留下了长久的记忆，以至于我总能想起他那张笑脸。

老人的生活很充实，情感上也从痛苦中、郁闷中趋于平静，现在也开始快乐起来了，让家人和身边的人都快乐起来了，老人这段日子的情景也留在了我的记忆里，我们都在为老人的健康、幸福、快乐祝福。

铁骨柔肠传佳话
——记老局长张良基

[注：此文创作于2008年9月8日，发表于北京市公安局海淀分局官网文学原创栏目]

这是一位值得尊敬的老人，他风趣、幽默、豪爽，具有典型的山东人性格。平时总是谈笑风生，脸上透着智慧与坚毅，最近有幸和老局长有过几次交谈，感觉他思维敏捷，头脑反应非常快，而且是个情感世界非常丰富的人。这次交谈让我既看到了曾经叱咤风云、让坏人闻风丧胆的公安局长的一面，又理解了他对自己的亲人、部下柔情的一面。

今年7月，老局长的夫人因病去世了。至今已有两个多月了，可每当提起老伴，他都会非常伤心、愧疚，有时甚至老泪纵横，总觉得在任期间忙于工作，忙于破案，忽略了老伴和家人的感受，作为丈夫、父亲对家庭的责任尽得太少了，老伴跟随自己一生，为自己奉献了一生，本应该在晚年享受生活，可她走了，走的是那么的急……。他的生活中是多么的需要她，是多么的依恋她，可她永远地离开了他。她的离去打乱了他的生活状态，但是老局长凭着他坚强的性格，擦干眼泪，经受住了这沉重的一击。

还有一件事，是发生在1995年春天，丰台分局民警崔大庆在执行抓捕任务时被犯罪嫌疑人开枪杀害。当时老局长刚刚上任，直到今天，每当提起此事心情都是难以平静。我听老局长身边的工作人员说："当年崔大庆烈士牺牲时，他哭得很伤心，认为一局之长没能保护好自己的民警"，当他去看望崔大庆家

我与老局长合影

属时,把身上刚发的一个月工资(当时月工资是3000多块钱),又向身边秘书借了2000元钱,一起送到了崔大庆爱人的手中。此事在全局引起巨大反响,民警们被老局长的行动所感染,广大民警自发的形成了捐款队伍。看到全局干警的这种行动又再次让老局长流下了感动的泪水,他为有这么优秀的人民警察队伍而自豪。老局长连续三年亲自去看望并慰问崔大庆烈士的家属和孩子,每一次,他都抱着烈士年幼的儿子流泪,他为失去人民警察队伍中最优秀的儿子——崔大庆而伤心不已。此时他只有关心好、照顾好烈士的家人和年幼的儿子,才能让自己的内心好受一些。事隔多年了,每当提起崔大庆,他仍然觉得没有保护好我们的民警,是他一生的愧疚和遗憾。

上面的故事让我们看到了铮铮铁汉柔情的一面,正是:铁汉亦有柔情,铁汉的柔情尤其令人心动、令人感慨、令人难以抗拒。

一盏台灯，照亮了他的人生

[注：此文创作于 2011 年 4 月 6 日，发表于北京市公安局海淀分局官网文学原创栏目，改编后刊载于首都公安报]

两代公安局长用过的老台灯

大家都知道蜡烛精神，它总是照亮别人、而燃烧自己。可又有谁知道"台灯精神"？我这里要说的是一盏普通得不能再普通的台灯。这盏台灯虽然普通，但它对一个人来说，却有着非同寻常的意义，这盏台灯伴随了他三十多年，不仅是他三十多年成长历程的见证者，也体现了一位老领导对部下的关心、爱护和期许，以至于在他今后的人生道路上，把这盏灯视为自己的"精神支柱"。

一次逛灯饰城时，偶然遇到了过去的老领导，我问他是买灯吗？他说："修一个台灯"，我心想有什么可修的，买个新的不就行了。这家灯饰城，造型迥异的灯饰琳琅满目、不同风格的艺术造型、个性化的台灯让人看得眼花缭乱，想买什么样的都有。说话间，我看到他从包里拿出一盏旧台灯，走到一个柜台前让老板和伙计看看是否能修，谁知他们连连摇头，说无法修复这老式的台灯。台灯的线路已断，零件已破损，一连走了几个灯店都不能修复。眼看修好的可能越来越渺茫，但看到他并没有放弃的意思。前面又是一个灯店，他不抱希望地进去，灯店的

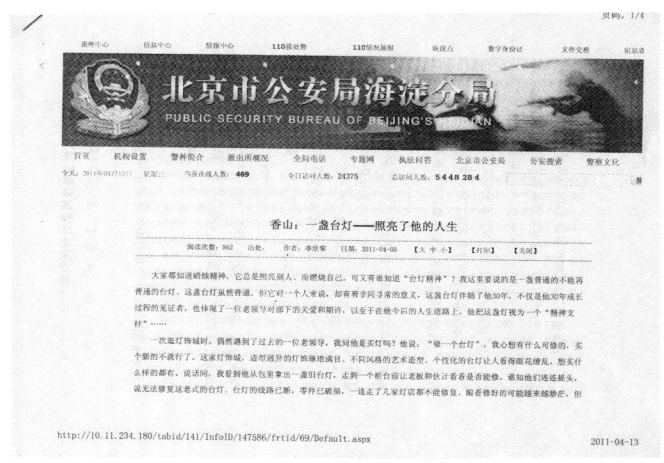

北京市公安局海淀分局官网文学原创栏目发表

小伙子看了台灯以后，表示可以修好。只见小伙子那双灵巧的手慢慢地一点点地把整个台灯检修一遍，灯泡也换成了新式的，并且又把台灯全部擦拭一遍，除了岁月的痕迹无法擦拭掉，这盏台灯又跟过去一样恢复了往日的光明，这真是"踏破铁鞋无觅处，得来全不费工夫"。这盏有着光荣传统的台灯又可以为他的主人继续发光、发热，又可以继续陪伴他的工作、学习、生活了。当台灯修好的一刹那，他的脸上露出灿烂的笑容，他内心的喜悦是难以掩饰的，那笑容是发自内心的，是别人无法理解和读懂的。在修灯时，我随便说了句："那么旧的台灯还不扔了，换个新的吧"。他沉默片刻，慢慢地讲述了这个台灯的来历，听后我顿时醒悟，这盏台灯对他来说的确意义非同寻常。

三十多年前他还是一名普通的民警，在老十三处当内勤，当年的他还是一个十七八岁的小伙子，充满了青春的朝气和活力，可是领导却分配他干内勤，内勤工作除了需要坐得住，还要文笔好。每天需要写很多的材料，对于一个年青小伙子来说太不容易了。他每天都在光线昏暗的房间中看材料，写文章。当年的办公条件非常的简陋，他的办公桌紧邻窗前，窗子很小，

4 警营佳话
一盏台灯，照亮了他的人生

改编为《一盏台灯，他要永远亮下去》，首都公安报刊载

他的身体背朝着灯光，桌面上的光线很暗，看书写字非常费劲。原市局的老局长张良基同志当年就是他们的队长，老领导看在眼里，记在心中，非常心疼自己的部下。一天，老领导主动把伴随自己戎马生涯半辈子的台灯，拿到了他的桌上。从此他的工作、学习、生活都发生了巨大的变化，因为一盏台灯不仅给他带来了光明，更多的是体现了领导的关心、爱护和期许，这也让他有了前进的动力和干劲！这盏台灯在以后的岁月中，伴随着他度过了数不清的不眠之夜。不仅记录了日常的工作日志、也记录了无数的案件材料，更记录了他人生中的甜酸苦辣。这盏台灯从此照亮了他的人生！在老领导身边工作的日子使他一天天成长、成熟，培养了良好的工作作风，打下了扎实的人生基础。

当我想把台灯的故事写出来时，他说一个台灯有什么可写的，我说："一盏台灯照亮了你的人生"！他听了先是一愣，然后沉默不语，我想他的内心一定不平静，一定勾起他许多难以忘怀的记忆，三十多年光阴，那青春的梦想、那青春的记忆，在顷刻间浮现在脑海中，岁月的底片在脑海中呈现。这时，他

也开玩笑地说:"良基局长当年四十多岁,每天骑一个自行车上下班,身体特别的棒,精神状态就像一个小伙子"。我们都会心地笑了,他仍然沉浸在回忆中……

良基局长虽然已到古稀之年,仍然每天坚持锻炼身体,散步、游泳、打球,每天坚持看书、看报,关心时事政治,关心公安事业的发展与未来。他是一位非常平易近人、和蔼可亲的老人,脸上永远带着慈祥的笑容。由于良基局长是他的老领导,这份战友情谊和在一起工作几十年的感情,是无法用语言表达的。他们几十年的那种默契、见面时的那种亲切、那种心有灵犀,是多么的令人感动和赞叹。三十多年来,老局长忠诚、为民、公正、廉洁的一生影响着他,在老局长的帮助和培养下,他早已走上了领导岗位,现在正在为新形势下的公安警务工作的改革默默地思索、探讨、践行着,脚踏实地的传承老一辈公安民警的优秀品质与奉献精神,为公安事业忘我地工作着、奋斗着。

岁月如梭、光阴荏苒,三十载春秋、峥嵘岁月。无论他的岗位怎样变化,他始终将这盏台灯带到身边,每当夜里伏案工作时,都有这盏台灯陪伴,无论工作中遇到什么困难,办案中遇到怎样的棘手问题,只要看到这盏台灯,他就感到有信心、有动力、有干劲,好像台灯的灯泡就像是老局长张良基敏锐、雪亮的眼睛,无时无刻不在注意着自己,关注着自己的言行,时刻给自己指引着前进的方向。他取得今天的成绩,离不开老局长及现任各级领导对他的关心、帮助、培养、教育。他先后到过业务技术处及分县局工作过,是分县局领导干部中办案经验较为丰富、年富力强的干部。他们可谓是瓶内酾茶、浓者在后。

老局长做到了"传帮带",年轻人接好了革命班,并且把老局长艰苦朴素的作风、勤俭节约的精神继续发扬光大。时代需要这种精神!也正是我们年轻人学习的榜样!过去都讲"师徒关系",目的是做好"传帮带",有什么样的领导,就会有什么样的兵。正是有了当年的好领导、好思想、好作风才有了高素质的兵,在老局长张良基身边工作过的年轻人中涌现出很多的现任领导干部,是公安队伍中的顶梁柱,他们正在为新形势下的公安事业建功立业。

这盏台灯——它老了,就像一位老人,岁月的痕迹已刻在它饱经风霜的脸上,它的贡献是默默无闻的、无人知晓的,尽管已经损坏过,但是通过修复照样可以正常地使用并可以继续发光、发热。就像老局长张良基一样,用他毕生的精力投身到公安事业中去并为之奋斗!当年他叱咤风云,破获了很多大要案,带出了一批特别能吃苦、特别能战斗的队伍。因为老局长平时生活上艰苦朴素,工作中严以律己,平易近人、虚怀若谷,所以人们对他肃然起敬。尽管到了古稀之年仍然心系公安事业的发展与未来。还在为公安事业出谋划策,为培养年轻人操心,为年轻人指点航程。

这盏台灯不仅在艰苦的岁月中陪伴过老局长(张良基),度过了无数的日日夜夜,同时,这盏台灯也像灯塔一样,照亮了他(西域区公安局柏林副局长)的美好人生!希望这盏台灯永远的亮下去……

首都警察的奥运情怀

节日巡逻更要警惕意外发生

[注：此文创作于 2008 年 2 月 9 日，发表于北京市公安局海淀分局官网文学原创栏目]

2008 年 2 月 8 日大年初二下午 15：30，我们 6701 车组和往常一样的巡逻，由于是重大节日（春节），我们 6701 车组特别要注意玉泉山首长驻地周边的安全，当我们的车辆巡逻至玉泉山附近的一个果园时，看到在路中间响起了鞭炮声，并且鞭炮码放在一条小路的中间燃放，影响了车辆的通行，我们只能等鞭炮燃放后才能通过，就在我们准备离开继续向前巡逻时，突然发现前面有一辆银灰色私家车有点不对劲，我们立即上前拦住私家车进行盘问。经过询问，男主人承认了其带领妻儿来此地燃放鞭炮的事实。正当我们交谈的时候，在其旁边的草坪突然着起火来，而且过火面积有 20 多平方米，火借风势越烧越大，看到此情景，我们责令其赶紧把草坪的火扑灭，并即刻与男主人一同救火，车旁的女主人也加入了救火队伍中，经过大家的共同努力，终于把火扑灭了。事后女主人的脸色特别不好看，对我们有些意见，觉得我们是多管闲事。我们如果不管这事，有可能引起更大的火情，并且首长驻地就在附近。尽管我们受点委屈，但是我们的恪尽职守、不被理解杜绝了一场大火的蔓延，没有酿成大的事故，我们感觉还是值得的。保人民群众的平安就是我们最大的快乐！这件事也提醒我们每一名公安民警，节日期间更要提高警惕，保一方平安，为人民群众创造一个良好的环境，让广大的人民群众过一个欢乐祥和的节日。

"三八节"在工作中度过

[注：此文创作于 2008 年 3 月 8 日，发表于北京市公安局海淀分局官网文学原创栏目]

今天是"三八"国际妇女节，恰逢又是一个双休日，作为一名女同志，本应该在这个节日里，和家人享受团聚。给孩子尽一个母亲的职责，给父母尽一份儿女的孝心。可是我作为一名人民警察，又是一名共产党员，想得更多的应该是舍小家为大家。按照所里的工作安排，今天是我值勤的日子，和节日刚好冲突。但是为了不打乱所里的工作安排，我还是放弃了休假的想法，准备在工作中度过自己的节日。当前正值"两会"期间，国家和人民的利益高于一切，为保"两会"顺利召开并圆满结束，我愿意尽自己的一份微薄之力。

作为一名巡逻民警，任务就是保证香山地区的安全和稳定，以及玉泉山首长驻地的安全，我们所地处香山和植物园两个公园周边。今天是双休日，"两会"代表休会，有可能到两个公园游览，我作为一名巡逻民警，要替所里领导分担责任，在这个特殊的日子里，我不能提出休息。所以，我也不能向其他女同志一样和家人逛商场、公园。我要坚守岗位，尽职尽责，为"两会"圆满成功，为奥运之年做贡献。

一双拐　一片情

[注：此文创作于 2008 年 3 月 19 日，发表于北京市公安局海淀分局官网文学原创栏目]

事情发生在"两会"期间，所里的工作量比往常大了许多，在人员非常紧张的情况下，又多了几个病号，可想而知，所领导的工作肯定是非常非常的忙,但是就在这百忙的工作中,所领导并没有忘记正在生病的同志们,为确保两会期间的安全和稳定,所里决定由尹政委代表所领导去看望正在生病的同志们。

当尹政委去看望老常同志时,了解到老常同志的脚踝骨骨折,走路非常不方便时,马上问是否有拐杖,老常说不用,尹政委当时没再往下说,但是离开老常家后,尹政委想到了自己骨折时曾用过的拐杖一直放在家中,马上开车回家把拐杖拿到单位,让警长张巍赶快送到老常家去。这件事情虽然不大,但是体现了领导时刻关心群众的情怀,拉近了领导和民警的关系,一双拐代表一片情。有病的同志也很受鼓舞,病好后及时上班并上勤,这件事让所里的民警知道后都很受感动。

自从尹政委上任后,刘所长和尹政委团结协作,工作上分工不分家,所里的工作蒸蒸日上,凝聚力越来越强,尹政委从自身做起,协助刘所长带动大家,把以前的遗留问题、损失尽量减少,为民警做好事、做实事,在确保完成两会任务的同时,还完成了所里其他各项指标和任务,使我们所里的工作又上了一个新的台阶。

政委爱兵如弟兄、爱所如爱家早已被所里同志们所熟悉,他的工作热情也带动了所里的其他同志,很多同志都是废寝忘食地工作着,以所为家,使所里的信息化工作取得了显著成效。

4 警营佳话
首都警察的奥运情怀

熟悉的背影

［注：此文创作于2008年6月2日，发表于北京市公安局海淀分局官网文学原创栏目］

　　每天早晨上班时，当我的脚步步入二楼的楼道时，一眼望去总是能看到一个熟悉的背影。春去秋来，日复一日，不管刮风下雨，还是严寒的冬日，每天早晨这个背影都会准时出现在指挥室的电脑前，他就是我们所里的军转干部——朱建民。

　　年过四十的朱建民同志在部队时也是一名团职干部，但是转业后，特别是到基层单位干起社区民警后，自己能够放下架子，摆正位置，像年轻人一样投入到火热的工作中，边学习、边实践，在来所不到一年的时间里，无论干什么他都会脚踏实地做好。特别是领导让他干社区民警后，他从社区民警的基础工作抓起，注意积累经验，并且能够结合实际，利用电脑网络信息把社区工作搞得有声有色，工作中非常有创新意识，工作做得深入细致。其主要特点：一是工作认真负责，二是充分利用辅警力量，三是工作中讲究方式方法。受到了分局人口处和所领导的好评。

备战奥运——舍小家为国家

［注：此文创作于2008年7月15日，发表于北京市公安局海淀分局官网文学原创栏目］

　　奥运的脚步离我们越来越近，为迎接奥运盛会的到来，确保成功举办这届奥运会，全所民警都在兢兢业业、忙忙碌碌地工作着。在目前备战奥运的工作中，涌现出许多感人的事迹，关柠同志的事迹就令我非常感动。

　　关柠同志是我们所一名年轻的女民警，又是一位未满周岁男孩的母亲。今年三月份她休完产假上班后,按规定在哺乳期的女同志每天有一个小时的喂奶时间,可是由于分管的工作比较多(分管的工作有国保、内保、出入境、人口处、档案、信通、流动人口等等),又是在备战奥运期间,经常需要加班加点,根本没有时间照看小孩,更谈不上按时喂奶。爱人也是其他派出所的民警,备战奥运的任务也很重,所以小孩只能由奶奶一人照看。小孩的奶奶为了看好小孩,自己经常吃不上饭,为这事夫妻俩也非常苦恼。但是作为一名共产党员,关柠同志首先考虑到为了不影响备战奥运的工作决定把小孩送到密云的老家去,由两家的老人一同照看。送走儿子对于一个刚做母亲的女人来说是一种非常痛苦的抉择,可是为了奥运,他们夫妻别无选择。自从儿子送走后,她把这种思念之情深深地埋藏在心里。坚持每天早来晚走,一心一意为备战奥运工作。这种舍小家为国家的奉献精神,是值得我们每一名干警学习的。她就是年轻的共产党员关柠,请大家记住这个普通的名字。

香山派出所女民警"李大姐"

[注:此文作者黄文政,2008年8月4日发表于北京市公安局海淀分局官网文学原创栏目]

"我感觉自己心理年龄就像35岁一样,如今已有33年工龄的我,还能站在公安基层工作的第一线,出警、巡逻,与时俱进,我感到非常自豪!"香山派出所46岁的李欣荣民警这样爽快地说。

奥运期间,由于所内人手不够,副处级的李大姐被安排到海6701车组负责香山地区的治安、巡逻工作,李大姐没有考虑自己的年龄大、每天要超负荷的工作，高兴地接受了组织的决定。李大姐每天早8：00上车，中午匆匆回单位吃上一口饭，12：30准时乘海6701巡逻车直到下午18：00结束一天的工作，如遇急需处理的事情则经常加班至晚八九点钟，如果是夜勤则要到下半夜才能休息。正值奥运安保的紧要关头，海6701车的巡逻、治安任务比平时更加紧张和繁重，特别是为防范香山地区四座桥的"爆炸"，海6701车更是不分昼夜穿梭于香山地区的主要地区和路段。李欣荣作为一名女性，克服诸多困难，没有任何怨言地与车组其他人员共同奋战在一线。有时接到110出警任务，李欣荣就像年轻人一样亲自驾车赶到现场，即使遇到打架斗殴的场面，她也没有畏惧过，而是根据事态果断采取措施，解决问题。在她身上我们看到是自信、泼辣、干练和坚强！前几天，气温高达37℃，正逢车上的空调坏了，每天李大姐的衣服都被汗水浸湿，可她没有半句怨言，仍默默地坚守着自己的职责。

谁说女子不如男！这就是我们可敬、可爱的李大姐！

奥运先锋超负荷的工作时间仍然坚持带病工作

［注：此文创作于2008年8月10日，发表于北京市公安局海淀分局官网文学原创栏目］

奥运期间，香山派出所在全所人员少、工作量大的情况下，打乱平时的定岗定位编制，把年富力强的同志都派到奥运场馆执行安保任务，所里留下很多老弱和身体有病的同志们坚守岗位。下面就讲讲我所户籍室三位同志的敬业故事，他们平均年龄在50岁左右，其中一位蔡大姐明年的这个时候就要退休了，并且身体一直不太好；其余两位男同志一位是于涛、一位是夏德军，他们在奥运期间上班时间是从 8：00 到 17：30 在户籍室坚守岗位为群众办理户口、身份证，以及对临时入境的外国人的住宿登记，晚饭后 18：00 马上到 6702 车组巡逻，直到夜里 24：00 结束。一天工作忙碌下来筋疲力尽，也回不了家，第二天早上接着上班，现在全所已停休，户籍室的这三位同志每天都是靠吃药在维持身体并坚持上班，为了奥运三个人谁都不愿意给领导找麻烦、请假，他们说：有一个人病倒了，其余人的工作量就更大了。有时三个人血压都很高，头晕、头痛，他们三个人就互相鼓励，没有一个人说什么，都在咬牙坚持着，这是我们所里的户籍民警们的觉悟和素质，关键时刻拿得起、挺得住，个个都是好样的。

奥林匹克精神

［注：此文创作于 2008 年 8 月 14 日，发表于北京市公安局海淀分局官网文学原创栏目］

由于我们警察的工作性质在奥运期间很难看到现场直播，昨天晚上 20：00 多钟，我打开电视正好实况转播举重比赛。

韩国运动员李培永，69kg 级挺举比赛，第一次试举左腿严重受伤（电视里看到他受伤的全部过程），第二次出场，因腿受伤，仍然没有举起，他休息片刻，以惊人的毅力第三次勇敢地上场，这出乎了所有观众的预料，观众给予热烈掌声鼓励、加油，由于腿部伤势较重，第三次仍然没有举起并痛苦的趴在地上，此时流下了伤心的眼泪，与奥运冠军失之交臂。

我想电视机前和现场所有的观众都被他的拼搏精神和超人的毅力所感动，因为在现场比赛中也有其他国家的运动员腿部受伤，但他们都默默地放弃了,唯有韩国的李培永以超人的毅力和精神一直坚持到最后,虽然他没有得到冠军,但是所有现场的观众报以长时间的热烈掌声就是对他的最好奖励,也是最高的荣誉,他的拼搏精神再次展示了奥林匹克精神!他的这种毅力和信念永远值得我们学习。

夫妻携手为奥运安保做贡献

[注:此文创作于2008年8月18日,发表于北京市公安局海淀分局官网文学原创栏目]

香山派出所民警关柠的爱人张建武是海淀派出所的一名民警,这次奥运期间被抽调到北大乒乓球馆做安保,忙的时候经常回不了家。关柠刚刚休完产假,上班后正赶上备战奥运的紧张阶段,由于所里一半人员支援场馆,留守人员工作量大,人员紧缺,每个人都要保证12小时的工作时间,关柠分管的事情比较多,经常是加班加点。现在所里人员少,她主动要求值夜班,把孩子托付给老人照看,并和男同志一起夜巡,她说:"来所的时间不长,又做内勤工作,主要是分管人口处和档案工作,对所里的管辖范围和周边环境不了解,这样不利于工作的开展。当前台值班接报110时不知道怎么布警,并说不清具体位置,这样影响外勤民警的工作效率,自从和外勤民警巡逻、盘查、出110并处理纠纷后,学了不少的工作经验,并掌握了辖区的街乡地名。通过巡逻了解了香山地区的周边环境,知道了一些地名,并掌握了具体位置,现在能够理论联系实际,同时丰富了自己的视野和知识,也利于今后工作的开展,特别是促进人口处工作的顺利进行,更主要是在奥运期间为所里分担一些工作。"

在人员少的情况下，她勇于挑重担，夫妻双双为奥运会做贡献。夫妻俩虽然在一个分局里但是见面的机会很少。他们夫妻俩说："咱们还年轻，来日方长，可奥运是百年的梦想，让我们有幸赶上，我们要尽自己最大的力量为奥运做贡献，等奥运结束后，我们再好好的孝敬老人和照顾孩子"。这是年轻的民警们朴素的奥运情怀。

军人的素质在奥运期间发扬光大

[注：此文创作于2008年8月19日，发表于北京市公安局海淀分局官网文学原创栏目]

近几年，香山派出所军转干部较多，无论是内勤、外勤，治安、巡逻、社区、户籍每一个岗位都有军转干部们默默奉献的身影，由于这些军转干部们的高素质，良好的修养和形象，使整个香山所的整体素质不断提升。

这些军转干部过去曾经是连职、营职、团职，无论是从哪个职务上转业到地方，他们个个都是好样的，是经过部队这所大学培养和教育、经受过千锤百炼的。现在放下架子深入到公安工作的第一线，当年他们把青春献给了国防事业，现在他们虽然已步入中年，可他们仍然满腔热血投入到公安事业中去。

特别是这次在奥运会前的决战阶段和奥运会期间，这些军转干部们在关键时刻总是冲锋陷阵，无条件地服从组织上的安排。

比如邓春华、朱建民同志在部队时都是团职干部，到所里才半年的时间，可他们进入角色非常的快，作为社区民警，每天都到居委会与群众打成一片，掌握各种情况信息，还要建立各种人员情况档案,并要和周边单位建立起良好的工作关系,进行安全防范检查,监督各单位的安全防范措施是否到位。有情况及时与所领导沟通,在奥运会期间他们经常是夜间巡逻,确保了香山地区的安宁。

户籍室的老夏和蔡大姐也都是从部队转业的老同志,思想觉悟比较高,在奥运期间带病坚持工作。特别是老夏从分局政治部下来,不到半年的时间,经过自己刻苦努力已掌握户籍政策和办理户口的技能,能够独立值班并办理户口。

内勤民警刘军、康玉娟也都是军转干部,到所时间也不到一年时间可她们也都熟练掌握内勤工作,在人员少、工作量大的情况下领导安排什么就干什么,特别是刘军同志是所里派入场馆安保人员中的唯一一个女同志,孩子小,克服自己家中的困难,不给所里找麻烦。康玉娟刚刚休完产假,上班后,也是非常努力工作,不懂就学,不会就问。

我是巡逻民警,也是一名军转干部,虽然已经40多岁还能够在公安工作的第一线坚持巡逻。并且在奥运期间,白天巡逻,晚上加班加点写所里的好人好事的文章,8月份以来已经写了14篇文章。

以上这些都是我所军转干部的小小缩影。还有很多可歌可泣的军转干部。他们都在用实际行动为奥运献出自己的爱。

奥运志愿者专栏

点滴之事见大学生的风采

[注：此文创作于2008年8月18日，发表于北京市公安局海淀分局官网文学原创栏目]

在奥运会紧张的赛事期间，我所警力相当紧张，来我所支援的19名山东科技职业学院的大学生们在此期间充分发挥了他们每个人的特长，为我所工作做出了突出的贡献。

今天上午9:00左右，有一位80多岁的老大爷，家住在香山煤厂街，走了一个多小时的路才到派出所，求助民警，他说：钥匙丢在家中，需要民警帮助解决，此时我所民警有一部分人在马拉松外围上勤务，一部分在场馆值勤，所里留守人员都在街面巡逻和出警，没有一个闲余人员，可是80多岁的大爷已来到所里求助，值班民警只能让来我所帮忙的大学生：马如旭、刘旭两位同学搀扶大爷，帮助大爷解决困难，其实他们也在值勤中，在步巡中也很辛苦，可是面对大爷的求助，两个大学生不辞辛苦，耐心地帮助大爷，慢慢送老人回家，其实不长的路，老人却走了一个多小时才到家，在路上，大爷非常激动地说："还是派出所好，有困难找民警"，大爷家院子非常的高，两个人艰难地互相托着使一个人爬上大门跳进院子，门后堆着很多杂物，往下跳时容易伤着脚，非常的危险，可最终还是把钥匙取出，老人接过钥匙非常的高兴，老人留他们两人喝水、吃饭，他们坚决不肯，他们说还在执行任务，两个小伙子愉快地回到所里，

4 警营佳话
奥运志愿者专栏

北京市公安局海淀分局工会主办《七彩警营》残奥专刊 2008 年第 4 期封面 / 发表文章

向所领导汇报完毕又去执行任务了。

这些 80 后的大学生们，当走出校门，离开父母，走向社会时他们一样自立、自信、自强。他们在用自己的青春和热血为北京奥运安全保卫注入了新的活力。

他的执着——受到市局检查组的表扬

[注：此文创作于 2008 年 8 月 20 日，发表于《七彩警营》期刊、北京市公安局海淀分局官网文学原创栏目]

正值奥运赛事的关键时期，8 月 13 日晚 21：30 左右，市局检查组穿便衣暗访香山派出所，主要是检查当不法分子突然袭击公安机关时的警力防范能力。

当时，在所大门口值班的是一名外地支援北京的大学生志愿者刘旭同学，当暗访者来到所大门口说找民警王志军时，手里拎着一个大纸袋，纸袋里塞着满满的不知为何物，刘旭同学立刻提高了警惕，将其阻拦在所院内，没让暗访者进入派出所

获奖归来

的办公楼，然后，刘旭同学问值班室王志军同志是否在所，刘旭同学向暗访者转告说："王志军已经下班，离开所里"，这时暗访者离开后，刘旭见他在马路对面与一个人商议，然后两个人又一起来到所院内，称给刘所长送东西，刘旭感觉不大对劲，再次将两人拦住，继续问清事由，最终两人没能顺利进入办公楼。此时暗访者亮明身份，当场表扬了值勤的大学生刘旭同学，勇敢机智，有高度的政治责任感，给他打了"满分"。

当市局检查组见到所长、政委后又一次表扬了刘旭同学认真负责的态度。第二天，早点名时，刘所把这一情况通报给大家，并再次表扬刘旭同学。

5 夕阳序曲

2013 年在园博园

5

一朵花，
在盛夏的午后悄然绽放。
出去外面走走，
这个世界能给你的，
远比我们想象的还要多。

2014年在瑞士阿尔卑斯山

夕阳序曲
我的退休生活

我的退休生活
——浅谈徐州印象

［注：此文为"学习贯彻十八大共建小康乐晚年主题征文"（即"中国梦"主题征文），创作于 2013 年 4 月 25 日，荣获北京市公安局 2013 年老干部信息宣传工作三等奖，发表于园林、市政双一级企业杭州市园林绿化工程有限公司主办内刊园冶报 2013 年 5 月总第 57 期园冶天地栏目，刊载于浙江省花卉协会绿化苗木分会会刊《浙江绿化苗木》2013 年 6 月总第 31 期］

每个人都有自己的梦想，每个民族也都有自己的梦想。实现中华民族伟大复兴，就是中华民族近代以来最伟大的梦想，这个梦想凝聚了几代中国人的夙愿。

而我的梦想，就是退休后开始一种全新的生活体验，想了解一个陌生的领域，因自己常年在香山景区工作，在不知不觉中慢慢地喜欢上风景园林专业，这样可以亲近大自然，走进绿色的风景园林世界，运用手中的笔把我所看到的祖国的每一处变化记录下来，把所走过的城市的自然风景和园林绿化的丰硕成果表现出来。并整理成文章，呈现给广大的读者。做到老有所学、老有所乐，并为十八大提出的"中国梦"做出自己的一份贡献。

前一段时间我有幸与一位风景园林方面的专家相识，通过交流他知道我喜欢写作，并且对园林方面的知识有认识、有理解、有感悟，也有自己的看法和想法，这让他感到既意外又惊喜，在最初的交往中俩人通过短信交流，彼此总能把文学、艺术、园林绿化等有机地、完美地结合起来，并通过文字很好地表现出来。所以，我们很快就成为无话不谈的朋友。我很想拜他为师，在园林界有所发展，从此，我们开始以师生相称。

三月的一天，我的这位老师要去江苏徐州考察一个园林绿化工程项目，邀请我一同前往现场了解一下园林绿化工程的施工过程、植物的种植和管护、盆景的摆设和造型，以及园林绿化的造景过程等，增加我对风景园林绿化的感性认识。旅途中我的这位朋友经常对我进行专业知识、专业术语、专业词汇的灌输，从而使我对风景园林绿化有了进一步的认识与提高。

徐州作为古代九州之一彭城，拥有超过六千年的文明史和四千年的建城史，作为著名的千年帝都，徐州是两汉文化的发源地，这里有"彭祖故国、刘邦故里、项羽故都"之称。在古代近代都为兵家必争之地，是苏北的重要交通枢纽，并且徐州还是一个老工业城市。当人们提起徐州，还会想起一个人，他就是本世纪最有影响的中国画家之一，被称为山水画的革新家、跨越时代的画家、融古铸新的现代水墨画家——李可染先生。此行临别前我有幸参观了李可染先生的故居，亲临其境感受大师的笔墨之香。

徐州对于我来说，是一个比较陌生的城市，但是一下火车，却让我眼前一亮，大厅宽敞、明亮、整洁，第一印象非常的好。晚饭后，我们一行人驱车到达徐州市著名的旅游风景区云龙湖畔，这里的夜景非常的美（同时这里也是我们此行要参观、考察的项目之一——珠山风景区）。这就是我对徐州的最初印象。

夜幕下，当我们走近云龙湖畔，突然看到湖水中好像有人在漫步，此情此景令我诧异，还没有等我反应过来，此时陪同我们一起来的该工程项目经理说这就是中国目前最长的"沉水廊道"。所谓"沉水廊道"就是采用加厚的玻璃经过特殊工艺把湖水隔成一个通道，通道两侧看上去就是一个个巨大的鱼缸，既可以随时观赏到各种鱼类，人们又好像在湖水中漫步，当我们行走在"沉水廊道"时，就像是在湖水中穿行，两旁的鱼儿在欢畅地嬉戏，人们在湖水中漫步的情景，让人感到很美、很惬意。从远处看湖泊与"沉水廊道"紧密相连、融为一体，植物与山脉融于大自然之中，于现实中寻味诗意。这就是生态平衡，万物生机。

曲径通幽处的石板路上，两侧配有近百种婀娜多姿、形状不一、生机无限的绿色植物，唯美的灯光效果，通过姹紫嫣红的色彩烘托，照耀出不同色泽、五彩缤纷的自然盆景、花卉。还有大自然中千姿百态的景石作装饰，起到了画龙点睛的艺术效果，完美无瑕。珠山风景区既有西湖的唯美、壮观，又有苏州园林的秀美。当我们将要离开云龙湖畔时，初春乍寒的微风凉气袭人，让北方来的客人感受到了初春的寒意，水面上不时地泛起涟漪。云龙湖的夜景很美，其夜晚的景色可以与杭州西湖的夜景一比高低，人人都说"西湖美"，我说"云龙"赛西湖。

第二天上午，我们又专程来到云龙湖畔，专门考察珠山风景区园林绿化工程项目，在项目经理张炎良的陪同下一起步入景园区。据张经理介绍：景观绿化分四个部分，即车行道路、滨水景观带、山脚自然景观区、水生植物游览区。作为一个外行的我听得也是津津有味，特别是一些专业用语、专业名词，我都铭记在心，比如：美人靠、树池、借景、障景、林冠线、

徐州园林绿化工程——沉水廊道水面全景

沉水廊道漫步

林缘线等等。特别是"借景",就是借助远方的不属于该园的景物来烘托自己的园林景致,一般的亭子建在园子的最高处,登高可极目远眺,心旷神怡。再借助身后的山脉作依托(其实两者离得很远),但是从视觉上、从整体上看,景物自然与山脉相依相偎,以为是一个整体的园林景观。在景观绿化中,植物配置巧妙,整体连贯。使我的眼界开阔了,开始一种全新的体验,走进大自然,走进绿色的世界,我的绿色梦想从走进徐州开始了。

徐州是个山水城市,在山水的怀抱中。城中有山,山中有景;湖在城中,水中有月。春风拂柳,水面荡起涟漪,白天云龙湖畔的"沉水廊道"别有一番风韵,漫步可曲径通幽,神清气爽。廊道两边水生植物游览区最具特色,以错落的方格形式构成的木栈道飞架湖面,营造静谧空间,栽植慈菇、梭鱼草、千屈菜、睡莲、黄菖蒲、再力花、花叶芦竹、泽泻等植物,为游客提供观赏与学习植物知识的场所。整个景区水面精巧、环湖布景,形成"静湖幽园"的中国古典人文及自然景观特色,让人雾里看花、水中望月。

徐州这座历史悠久的老城,以前贫穷落后,现在正通过一批精品园林绿化工程全新打造出现代化的园林城市,城区宽阔的道路两侧选择适合当地生长的垂柳、水杉、臭椿等。滨水景观带种植水生植物，营造生态水岸线。山脚自然景观区引进色叶树，搭配常绿树作为公园背景，常绿植物达到50%，保证了冬天也有好的景致。用大自然中丰富的景石与多种绿色植物相结合，组成一个又一个美丽的画卷，设立在园中、摆放在街中，创造出蓬勃发展、欣欣向荣的新城区。三月底初春乍寒，可是徐州却是满目春色、空气清爽。可当我们回到北京下了火车，在出租车里看到的北京城天空灰蒙蒙的，空气质量很差。第二天北京又刮起了大风、沙尘暴，作为北京人，心里像打翻了五味瓶一样。其实现在人们生活在一个比较安逸的中小城市真的非常轻松、快乐、开心、安心、静心、养心，比在北京这样拥挤的大都市幸福指数要高。徐州市在中国的二三线城市中，它的风景园林绿化起到楷模、示范作用，带给人们不同的视觉体验和心灵感悟，让人们流连忘返，享受这世外桃源般的安逸、释放所有的压力，回归心灵的静谧，使这座城市具有独特的风景线，也在我的记忆中打下了深刻的烙印。

  印象中的徐州古朴、典雅，具有浓厚的历史文化底蕴。徐州地处淮北，和姑苏、金陵相比，少了灵秀、隽永、清新、雅致之风，然而却独具了"厚、重、大"之气。徐州曾经孕育了一个伟大强盛的汉朝，创造了灿烂的文明。这个世界因为不同而精彩，徐州，给人以别样的感觉。徐州的精彩在于她的宏大气魄。看惯了徐州，其实发现它也有秀美的一面，几天来仿佛时刻都在回味它的气息，绿绿的、青青的，还夹杂着云龙山的山风、云龙湖的水风、楚王陵的文风……。

《浙江绿化苗木》期刊封面 / 发表文章

        从徐州归来，珠山风景区园林绿化项目及云龙湖畔，让我难以忘怀。春天的云龙湖畔，远山如黛，碧波如洗，一派春和景明，桃红柳绿的胜景，令人沉醉不已。此次徐州之行不仅仅了解、认知了风景园林绿化带来的视觉美感、壮观。园内廊路回环，亭台呼应、林荫蔽日、松涛送爽，让人赏心悦目。最主要是我已经开始慢慢地喜欢和热爱园林这项神圣而伟大的事业，园林绿化工程是建设美丽中国不可或缺的重要组成部分，园林绿化不仅为人类社会造福，还处处用绿色装点城市，清新自然的景观，给人带来休闲、惬意的感觉。"以人为本，尊重自然"的绿化理念，体现在景观中的每一个细节，自然环境与城市环境的密切结合，让徐州这个古老的城市旧貌换新颜，更具生机活力与热情奔放。而变化的徐州又是中国梦的具体体现和良好践行的城市，徐州今非昔比的变化是实现中国梦的追梦过程。一个城市的富民、强国的具体落实，难道不是实现中国梦最真实的具体体现吗？

5 夕阳序曲
我的退休生活

园冶报园冶天地栏目刊载

梦想照进现实，关键在于行动，在于实干。

徐州之行给了我人生中许许多多的第一次。走进"沉水廊道"是我人生中的第一次；拜师学艺和专家一起参观考察风景园林绿化工程成果，听专家亲自讲述风景园林工程项目的基本要素、专业术语、专业词汇等都是我人生中的第一次；同时也是我第一次关注风景园林与山脉、水系、湖泊的关系，它们是相互依存、相互衬托、相互装点、相依相恋；第一次聆听老师对我传授风景园林的理念，他说：风景园林绿化讲究地形起伏、缓坡草地，最好丘陵地形、片林、树阵、组团配置、孤植成景与疏林草地相结合，园林布局讲究给人空间感，营造出主次分明、疏密有致、多样而优势互补、丰富而层次分明的景观效果，处处有绿叶，无处不飞花，要用自然生态设计理念贯穿始终。此行使我对风景园林绿化工程方面有了一定的了解，有了感性的认识，让自己不断地学习各个领域的新知识、不断充实自己，使自己的人

《我的退休生活——浅谈徐州印象》获奖证书

生阅历更加丰富，突破自己内心的小世界，走进风景园林的世外桃源。此行让我感悟到，如果说一个国家、一个城市、一个地区、一个居民小区没有绿色植物，没有风景园林的色彩、美化、装点、衬托，那将是怎样的后果，我真的不知怎样去形容，也无法用语言去表达，我想那将是一个没有色彩、没有生机的国家、城市……。可想而知，那是怎样的生活质量，像雾霾的京城，像漫天黄沙的撒哈拉。

通过这次参观、学习、考察，使我感受到了徐州这座城市光彩夺目的春色。风景如画的园林绿化工程让徐州这座城市在这个春天里灵动起来，让人们的生活质量有了大幅度的提升。在这里我要感谢我的老师，是他引导我走进徐州，走进风景秀丽的云龙湖畔，走进珠山风景区，亲临感受珠山风景园林绿化工程项目的丰硕成果。短短的行程使我这个外行对风景园林绿化有了更深的认识和理解，同时也激发了我的创作灵感，找到了退休后生活的新目标。此行我不仅仅喜欢、欣赏园林绿化工程的成果，也开始热爱园林绿化工作，我也希望自己早日成为园林人，走到哪里，就把绿色的植物带到那里；走到哪里，那里就是绿色的春天，生根、发芽、硕果累累，根植于大地、根植于人民之中。桃源意在深处，涧水浮来落花。志有所长，既是养生之道，也是我人生的奋斗目标！

党的"十八大"提出的"五位一体"、"生态文明建设"、"建设美丽中国"的精神，给广大的园林工作者创造了空前的发展机遇，同时也为早日实现中国梦，做好生态平衡打下坚实的基础。全国人大十二次会议习近平主席全面阐述了"中国梦"，要想实现中国梦，优化、美化人居环境和全面建成小康社会，提高我们的民族整体素质，缩小城乡差别。住宅小区精致化；道路两侧、河流两岸公园化；植物景观不仅重视绿化，更加重视美化；植物的多样性，季相的变化和色彩的搭配；人文景观的体现等方面，都离不开广大风景园林工作者们，是他们的辛勤汗水和智慧换来我们四季如春的美好生态环境。

让我们实现"中国梦"，为了这个梦想，园林绿化工程建设者们用勤劳的双手使城市美如画，乡村像世外桃源一样的宁静，他们为祖国的蓝天、美好的家园、良好的生态环境默默奉献的精神永远都是我学习的楷模！

云雾茶，庐山的味道

[注：此文创作于 2014 年 9 月 16 日，微信分享]

庐山归来数日，就像品云雾茶一样，让我回味无穷。

庐山有"匡庐奇秀甲天下"的美誉，初秋游庐山，云深深、雾蒙蒙，别有一番情趣。因李白的《望庐山瀑布》一诗而闻名天下。"日照香炉生紫烟，遥看瀑布挂前川，飞流直下三千尺，疑是银河落九天"。就是在这美好的诗句映衬下，好像我在庐山留下的照片更加唯美、梦幻。

当我们的脚步走进庐山会议的会址时，一品历史况味，世纪伟人的音容笑貌长存。特别是庐山老别墅，每一栋别墅都有一段美妙的故事，这些别墅曾经居住过古今中外的历史风云人物，为中国和世界的发展做出了巨大的贡献。

由于时间有限，在庐山小住一晚。庐山的治安很好，民风纯朴，少有梁上君子光顾。盛夏刚过，庐山晚上没有蚊虫骚扰。庐山的自然风貌独特，物产丰富，这里盛产山珍美味，并且是纯天然的、绿色食品。如果在闲暇之余小住庐山数日，可以慢慢欣赏庐山瀑布盛景，一定收获颇丰。

特别是庐山的原始风貌、自然风光美不胜收，迎着凉爽的秋风，当我行走在用古旧的老石板铺装的小路时，岁月的痕迹印在脚下，小路的石板被人们用鞋底磨出光彩。庐山——人文的古朴与自然的奇观共存，让人叹为观止。

我带着依依不舍的心情离开了庐山，这次是我初游庐山，我想我还会再来……

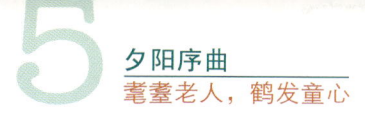

夕阳序曲
耄耋老人，鹤发童心

耄耋老人，鹤发童心

——海淀分局离退休老干部在延庆野鸭湖一日游随想

[注：此文创作于 2014 年 6 月 4 日，作为北京市公安局老干部通讯报道员投稿作品]

初夏的清晨微风凉爽，我们这些老同志们早早就来到海淀分局办公楼前，7∶00 准时出发去延庆野鸭湖。

看一个个精神矍铄，容光焕发，七老八十的男士们就像个帅气的老小伙儿，女士们也不示弱，花枝招展、姹紫嫣红。过去都说：人过七十古来稀，我看当下人过七十正当年，无论男女老了老了都玩起了摄影、手机拍照、iPad，各个都很专业，穿戴得都和旅行者一样，既时尚，又显得年轻，最年长的八十多岁，最年轻的四十多岁，在我看来退休生活真的很幸福、快乐、健康。我作为一名年轻的退休干部能有机会和分局的老前辈们相聚在野鸭湖畔，是我的荣幸，我也很珍惜和他们在一起的时光。

分局党委为了贯彻落实全局离退休干部工作方针政策和重要工作部署，组织离退休干部不仅进行政策理论学习和重大安保任务外，在 5 月 27 日和 28 日两天里，这个风和日暖的季节，组织离退休老同志 420 多人次走进野鸭湖，离开喧嚣闹市去享受阳光，呼吸新鲜空气，体验人与大自然的和谐共处。

想想 27 日还狂风骤降，28 日却艳阳高照，风和日丽，老天爷还是对我们老同志们比较偏爱、关照……。老同志们见面，上车后互相问候，有的风趣地说："能来就好"。因为随着时间的推移，岁月如梭，有些老同志已驾鹤西去了。来了就好，既是问候，又是互报平安、健康。

在野鸭湖国家湿地公园，老同志们漫步在杨柳树下，相互叙旧，畅所欲言，开怀大笑。但这些老同志们聊天时，谈论最多的就是北京的新变化。都说趁着还能走动，精神尚好，能出去旅游、走出国门、走向世界，看看其他国家的发展与变化，自然与风景那该多好啊！看来老同志们也很现实了，都很自我，处处体现了童心未泯、潇洒自如的晚年生活。还有就是关于养老问题，很多老同志都想明白了，现在的生活条件这么好，为了不给子女们添麻烦，怕影响他们的工作，部分老人都选择了想去警察养老院。还有一些老伴刚刚去世的老人及一些离异的老人群体，他们的总体看法是：儿女孝敬不如半路夫妻，儿女在身边总是不如夫妻两人照顾方便。另外就是老人再婚是否领结婚证的问题，因为涉及婚后财产继承，也就是财产是否给儿女留下等等复杂问题，使得很多老人再婚选择不领证。

有些老同志尽管已八十多岁高龄，但是这些耄耋老人身体非常的硬朗，步伐矫健，谈笑风生，幽默风趣。老同志们活到老、学到老、学无止境，平日里有的看书、绘画、练书法，有的锻炼身体、下棋、钓鱼等等，无论做什么都要体现出老有所养、老有所乐、老有所为。

这些老领导、老同志过去常年奔忙在工作岗位上，一旦离退休闲下来，很可能导致他们的大脑退化，需要引起社会的高度重视，特别是老同志们长期与社会大环境隔离，会让他们的生理和心理产生退化效应，进而滋生一系列的社会问题。在这个阳光灿烂、明媚的夏日里，每个人都感受到党中央、市局党委和分局党委对我们这些退休老同志的关心与爱护，感受到党和人民没有忘记我们这些退休的老同志，使我们倍感欣慰。

湿地公园建设是恢复生态平衡、保护自然环境的重要举措，老同志们说："没有健康的湿地，就没有健康的生活"。野鸭湖太美了！这里真是人与自然和谐共存的世外桃源。我们非常感谢市局党委和分局党委给我们老同志搭建的这个相互交流的平台。希望各级组织多给老同志们创造一些机会，让他们的晚年生活幸福、快乐！

夕阳序曲
以身作则树楷模

以身作则树楷模

——记 99 岁老公安局长刘涌

［注：此文创作于 2014 年 4 月 25 日，作为北京市政法委通讯报道员投稿作品］

2014 年 4 月 16 日下午，我有幸拜访了德高望重的老公安局长刘涌。带着崇拜、敬仰之情，我来到了老局长的病床前，他传奇的人生，我已在他的《政法春秋》书籍中拜读过。尽管老局长已 99 岁高龄，在医院与病魔抗争了四年之久，见到我后仍露出了慈祥的笑容，用他微弱的声音断断续续对我嘘寒问暖，我用笔纸认真地记录着当时的情形，当我要离开时，老局长表现出了依依不舍的表情……

回来的路上，我的心情久久不能平静，老局长与疾病顽强斗争的精神和热爱生活的态度深深打动了我，同时老局长的精神和毅力又激励着我，使我从新拿起笔纸迸发出写作的激情。

我向大家讲述一个发生在老局长刘涌身上感人至深，并有警示、教育人们的真实故事。2013 年 3 月份党中央就"厉行勤俭节约、反对铺张浪费"做出了重要指示，当时作为一名 98 岁高龄的老共产党员刘涌同志，身患重病，可是仍然关心时事政治、关心党的建设、国家的安危。刘老说，每天躺在病床上，就浮现出延安大生产运动期间，全体干部战士"自力更生、艰苦奋斗"的感人画面。老局长刘涌根据自己的实际情况，他给市局党委写了一封信，表示不再保留组织给配发的专车和司机。信中写道："目前，我已在医院的病床上与病魔斗争了四年之久，从唯物主义者的角度出发，已经是快要燃尽的蜡烛，但组织上仍然给我配备专车和司机，从实际情况看，基本用处不多，这样给警用车辆、警力造成资源浪费，也不便工作上的管理。"

如果我们的各级领导干部都能像老局长刘涌一样，节省公车的使用，还北京一片蓝色的天空；节省各种不必要开支的经费，能够救助多少希望小学的建立与落成呀！同时节省警力、物力资源，也是推动公安工作的建设和发展。尽管已是98岁高龄的老人了，在病床上与病魔抗争四年之久，还心系公安事业的发展与创新。在改革开放、日新月异、现代化的今天，老局长还不忘延安精神，艰苦奋斗、勤俭节约，将这些好的作风不但在工作中发扬光大，还将这些好传统、好作风作为家风传授给儿女们。难道这不是我们公安战

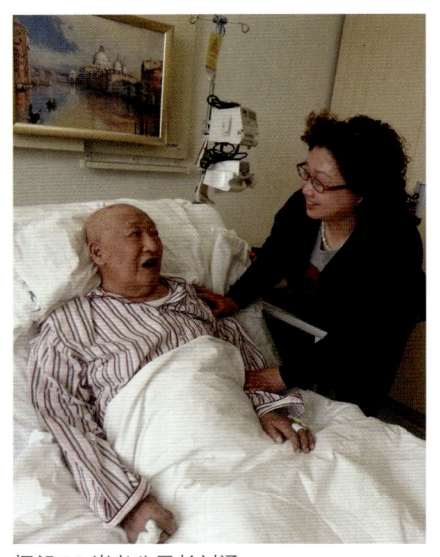

探望99岁老公局长刘涌

线最好的楷模吗？《政法春秋》一书记录了老局长刘涌为党的事业和公安事业奋斗一生的经历，在他和秘书的共同努力下能够及时出版，这就是老局长刘涌同志留给我们政法战线及广大公安民警的宝贵精神财富。十年树木、百年树人，他光明磊落、高风亮节的传奇人生，为我们树立了榜样。

夕阳序曲
"颜老师"的家风

"颜老师"的家风

[注：此文创作于 2016 年 2 月 29 日，微信分享]

2016 年的春节，大年初四清晨，我们也像候鸟一样从寒风凛冽的北京飞往祖国四季如春的美丽城市——三亚，在那里享受阳光、沙滩，碧海蓝天。

这次到三亚住在一位朋友家里，八天的三亚生活让我们切身感受到了"颜老师"的良好家风、家教，的确是"教子有方"。值得我们大家学习！今天我发此文也是为了传播我国良好的"家风"。从三亚回来，直至今日才下笔，是因为我一直都沉浸在回忆中……

这是我迄今为止亲身经历、亲眼目睹的上市公司的老总、董事长，如此平淡的生活、忘我的工作、良好的家教家风。儿子"子承父业"靠的是自己的真才实学和良好的专业知识，并且深受广大员工们的推崇和敬佩。儿子（学化学专业）是总经理，颜老师（原来是物理老师）是董事长，夫人做财务工作（公司的元老，现在已退休）。一家人完美的结合，靠勤劳的双手和艰苦奋斗的精神，创造了今天人们看到的可喜可贺的上市公司，而公司的创始人颜董事长，仍然愿意让人们亲切地叫他"颜老师"。

作为一个上市公司的董事长，他虽年过六旬，从体态到心态，从打台球到电子商务办公，根本看不出他的实际年龄。他思维敏捷，举止儒雅，身体力行，生活简朴。把自己所学的专业知识和智慧都用在研究与发明上了，公司已有上百项发明和专利，倾注了他的心血，同时也成就了他辉煌的人生……

颜董事长在家电脑办公

颜总经理生活照

他的夫人，虽家财万贯，但勤俭持家。他们夫妇二人以身作则，从点滴做起，从小处、细节上培养第三代孩子们的良好习惯（比如：下楼吃饭前问候长辈们好，吃完饭后请长者们慢慢吃，孩子们吃饭时不许浪费一粒粮食等等），让孩子们从小培养尊老爱幼、勤俭节约的习惯，让孩子们在生活中自己学会生存的本领，而从不让孩子们有优越感。

他的儿子在外打理公司，儿媳在家相夫教子（孩子上学后，她也有自己的书店，很独立）。她培养孩子们德智体全面发展，让她们从小独立、勇敢、有担当，还经常陪着孩子们一起练琴、打乒乓球。

严格的作息时间，颜家儿孙坚持晨练的良好习惯，从不间断。即便是"春节"期间也是如此，从不让孩子们睡懒觉，坚持早晨锻炼身体，良好的家教、家风让我们看到了中国的未来（习主席曾多次提到家风，正是习家良好的家风成就了他的成长）。

作为一位66岁的上市公司董事长，市值几十个亿，生活如此简朴（粗茶淡饭），家风如此淳厚（妻贤子孝）。颜老师在家坚持电脑办公，坐在家中通过电视、电话问候全体员工新春快乐！他时刻心系公司的员工，时刻关注公司的业务（三亚办事处的工作人员吃住在家里），他真是一个闲不住的老总，亲力亲为，以身作则。这样的家风，这样的企业，股票能不上升吗？

京北重镇——古北口

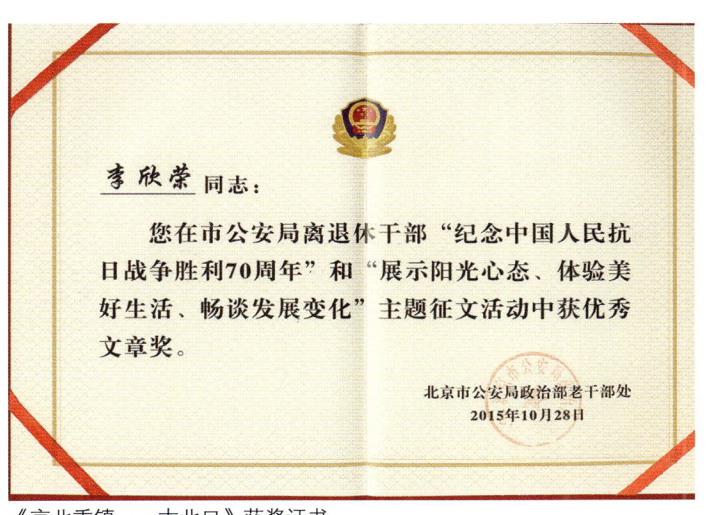

《京北重镇——古北口》获奖证书

京北重镇——古北口

[注：此文创作于2015年6月18日，荣获"纪念中国人民抗日战争胜利70周年"主题征文活动优秀文章奖，汇编入《让我们铭记（北京市公安局离退休干部纪念中国人民抗日战争暨世界反法西斯战争胜利70周年文集）》]

这里距北京城约120公里，面积84.1平方公里，坐落着一个历史悠久、有着抗日将士传奇故事的历史名镇——古北口。1933年著名的长城保卫战在此进行，360余名阵亡将士遗体合葬于古北口长城脚下，建立了古北口阵亡将士墓。

古北口镇位于密云县东北部，地处燕山山脉，蟠龙、卧虎两山南面的浅山丘陵区。古北口地势险要，在山海关与居庸关中断，山陡路险，自古为京都锁钥重地，在京北燕山屏立、峰峦叠嶂中，潮河南来峡谷洞开，所以有北京东北门户之称。

古北口长城位于密云县古北口镇东南，由卧虎山长城、蟠龙山长城、金山岭长城和司马台长城组成。古北口是长城的重

《让我们铭记（北京市公安局离退休干部纪念中国人民抗日战争暨世界反法西斯战争胜利70周年文集）》封面

《让我们铭记（北京市公安局离退休干部纪念中国人民抗日战争暨世界反法西斯战争胜利70周年文集）》发表文章

要关口之一，古北口长城也是中国长城史上最完整的长城体系。历来是兵家必争之地，尤其是在辽、金、元、明、清这五朝，大大小小争夺古北口的战役从未停止过，因此，长城的作用突显得尤为重要。

值此《抗日战争胜利70周年》之际，参加市局离退休老干部征文活动。关于写什么样的题材、内容，在我的脑海里已思绪很久，经过斟酌决定，就写古北口抗日战争的故事吧。

我的家就在长城脚下，在古北口镇的旅游风景区里，这里有座不高的山头，土质肥沃，一片柏树林生长茂盛。抗日战争七勇士纪念碑就建在小山脚下，与我们小区相邻。也许是守着长城，每天都可以仰望到长城。但为了写好抗日战争历史的真实性，我第一次登上了蟠龙山长城，亲临抗战烽烟的阵地，感受抗战将士们的英勇壮举，寻找将士们的英雄足迹。同时，我又一次次地来到七勇士纪念碑旁，缅怀将士们，与时空对话，继承先烈的遗志。在这段日子里，我也翻阅了大量当年古北口抗战的故事、史记。现如今，位于古北口蟠龙山段的长城并没有被重新修过，非常具有沧桑感，而残破的城墙和弹眼更是让人仿佛身处在那战火纷飞的年代。在夕阳的照射下，令人潸然泪下。

1933年，当日本侵略者把魔爪由东北伸向华北的时候，中国军队进行了著名的长城抗战，为古老的长城谱写了新的悲壮篇章。素有"京师锁钥"之称的长城要塞——古北口，成为长城抗战的主要战场。

面对危局，国民哗然，纷纷谴责国民政府的不抵抗政策，全国上下抗战呼声四起。迫于国内舆论，一心忙于"剿共"的蒋介石不得不从南方抽调中央军第十七军北上，开赴古北口前线。

国难当头，匹夫有责。十七军爱国将士怀着疆场报国的决心，以高昂的士气，日夜兼程奔赴前线。先头部队第二十五师于3月4日凌晨4时便赶到了古北口。此时的古北口，形势岌岌可危：拥有优势兵力和武器装备的日军已兵临古北口关下，正准备全力进攻，守卫古北口的东北军已全部退入口内。在这种形势下，二十五师不顾疲劳，立即占领古北口南城东西两侧高地，修筑工事，准备迎头痛击来犯之敌。

二十五师赶到刚刚3个小时，日军便对古北口发动了进攻。面对漫山遍野涌来的日军，守军沉着应战，放日军到达前沿时，骤然开火，机枪、步枪、手榴弹织成一道火网罩向敌群，顿时，日军人仰马翻，狼狈不堪。但是，日军异常凶顽，一片倒下去，另一片又涌上来。日军侥幸得手，东北军防守的正面阵地被突破。古北口左右两翼阵地的攻防战仍在激烈地进行。

参加"中国人民抗日战争暨世界反法西斯战争胜利70周年纪念活动北京市服务保障工作"纪念证书

　　当时,一四五团派出的一个军士哨,因没接到撤退命令,7名士兵携带一挺轻机枪依然据守在一座小山头上,封锁着日军前进的必经之路。日军以数百人的兵力反复强攻,每一次都被7名勇士击退。日军前后伤亡100余人,而7勇士巍然屹立,恼羞成怒的日军,动用飞机、大炮反复轰击。小小的山头几乎被削平,阵地成为一片火海,硝烟呛得他们喘不上气,烈火烧着了他们的发肤,但这7名壮士紧握机枪,没有后退半步,直至全部牺牲。这种血战到底的精神也使敌人不得不表示敬佩,最后将他们的尸骨合葬在一起,题为"支那七勇士之墓"。

　　古北口抗战,虽因国民党政府奉行对日妥协政策而告失败,但是十七军爱国将士的鲜血没有白流。他们悲壮的失败,使民众认识到了国民党政府对日妥协政策的误国。将士们的英勇抗日,使民众看到了中国的希望,激励着千千万万的中国人走上抗日救国战场,用民族之魂和血肉之躯筑起坚不可摧的新长城。

　　在纪念抗日战争胜利70周年的日子里,重登古长城,缅怀先烈,也使人更加敬畏先人们为我们留下的"世界文化遗产"——长城。古北口长城,蜿蜒曲折,起伏跌宕,敌楼密而形式各异。享誉中外的司马台长城,就是古北口长城中的一段,其惊、险、奇、特，被长城专家罗哲文教授赞为长城之最。具悉：国家计划斥资8个亿，在近年内修整蟠龙山段长城，如有对残古长城有兴趣的朋友应早些前往。

古北口明长城是古北口北部的第一道军事防线，是明万里长城中最坚固最雄伟的一段，更是今天唯一一段完整保留了明长城最精华部分原貌。

在《抗日战争胜利70周年》到来之际，作为一名老共产党员的我，作为居住在古北口镇的我，面对万里长城被日本鬼子摧毁的战火痕迹，被战火烽烟破坏的美好山河，面对沉重的历史，我的内心不能平静，我们这代人有责任告诫和教育好我们的子孙，牢记日本侵华战争这段历史，让我们的祖国强大，不再受任何外来的侵略。

如今的古北口，在完好保留历史文化原貌的基础上，通过历史与现实、古典与时尚的美好构建，引用了江南水乡的美丽风景，展现出新时期的古北水镇，已成为国家重点旅游风景区。

我为生活在此感到骄傲与自豪，明朝诗人唐顺之写诗说："诸城皆在山之坳，此城冠山为鸟巢。到此令人思猛士，天高万里鸣弓绡。"将士们的鲜血没有白流，烈士们常年安眠在长城脚下，烈士墓园经过整修，苍松翠柏，庄严肃穆，古北口的人民永远坚守在这片土地上，陪伴将士们的英灵，教育好我们的下一代。

如今的"古北口"已名扬天下，巍巍长城，虎踞龙蟠。荡荡潮河，源远流洪。将士守土，与倭抗争。为国捐躯，血染长城。埋忠骨，青山有幸。慰英魂，绿水增荣。缅怀先烈，泣悼英灵。慰藉亡者，砥砺后生。

登古长城,缅怀先烈,重温历史,展望未来

[注:此文创作于 2015 年 7 月 7 日,微信分享]

清风慕竹老师与作者登长城抒怀

在《抗日战争胜利 70 周年》到来之际,历时一个多月的时间,我多次攀登古北口长城,寻找烈士们的足迹,瞻仰烈士陵园,翻阅大量的历史史记,听老人们讲古北口抗战的故事。在此期间感受很深,收获颇丰,写出了 2500 多字的文章,受到分局领导的好评并报送市局参加评选。

说心里话,我非常感谢这次纪念《抗日战争胜利 70 周年》征文活动,通过这次写作,让我了解了古北口长城的历史与文化,平生我也是第一次登上古北口长城,面对这不朽的丰碑和残垣上的弹痕有感而发:

(一)

先辈高瞻筑长城,
抵御倭寇立奇功;
而今残垣英姿在,
中华大地展雄风。

(二)

虎踞龙蟠赖群英,
勇士长城唱大风。
自信挥戈能退日,
古北雄关战旗红。

我最贴心的老干部工作者
——记海淀公安分局阴志明同志

[此文为"回眸长征、同心筑梦"暨纪念中国共产党建党 95 周年征文，创作于 2016 年 6 月 28 日]

  时间过得真快，一晃儿，退休已经四年了，这四年来的退休生活是我人生中最快乐、最美好的时光。书法、写作，年轻时是不可企及的梦想，在退休后这几年都一一实现了。现在的我好像越活越年轻，越活越充实。这要感谢这个时代，感谢社会主义优越性，感谢家人的鼎力支持，在此，更要感谢市局、分局党委的领导，感谢海淀分局最贴心的老干部工作者——阴志明同志。

  我从 14 岁当兵，就一直生活、工作在部队这个大家庭里，从小就沐浴着党的阳光雨露，是在党的领导和关心下成长起来的，已经习惯了有组织的生活。一般人几十年都在党组织领导下工作、生活、学习，到了退休后，总感到找不到组织了，也没有了党组织的温暖，甚至很多人感到很失落，找不到生活的目标了。恰恰相反，我们海淀分局离退休的老同志们，退休后没有一天不在党组织的领导下、关心下快乐的生活，从没有过失落感，特别是阴志明同志对老同志的关心和照顾远远超过了我们的想象和要求。

  下面我从几个方面谈谈阴志明同志的责任心给我们带来的收获和快乐！

快乐的长白山之旅

  2012 年夏天，我刚刚退休不久，分局组织老干部去长白山

作者（一排右六）与母亲（一排右七）长白山之旅纪念台历

旅游。因为母亲在职时也是拼命三郎，而我少小离家，尽忠不能尽孝，现在有时间了，想尽量多陪陪母亲，所以我给母亲报了名，让母亲也感受一下我们海淀分局老干部退休生活是如此的快乐和美好！

这次长白山之旅是我和母亲第一次参加海淀分局老干部的活动，也是今生最后一次陪母亲参加海淀分局的外出旅游（母亲已病故）。但是这次长白山之旅给我和母亲留下了终身难忘的美好回忆。在长白山旅游活动期间，我和母亲（70多岁了）一路上得到了分局老干部办公室工作人员的关照，特别是阴志明同志，他一路上帮助老同志们拿东西，旅游景点上下车时，还帮助搀扶老同志。旅游团里有一位80多岁的老同志，一个人出来旅游，阴志明同志随时都在关注他，总怕他掉队，在一个景点这位老同志还真走迷路了，阴志明发动大家很快就找到了他。阴志明同志对待工作认真负责，一丝不苟，旅游途中他不仅是带队的负责人，还充当着老同志们的摄影师，他活泼开朗，思维敏捷，心思细腻。他用心揣摩老同志们的想法和需求，每到一个景点他都能体谅老同志们，避免登高爬梯的活动。在旅途中，我们这个团体总是充满了欢声笑语，特别是拍集体照时，打着横幅"北京精神我践行，创先争优乐晚年"，让很多游人投来了羡慕的眼光。

旅游回来后，阴志明同志很快将老同志们的照片制作成台历，每人发了一本留作纪念，特别是我和母亲的照片照得很好，在集体照的中间位置很显眼，那张照片放在台历上的九月份，这本台历给每个人都留下了美好的记忆，特别是给我和母亲留下了一生中最难忘的回忆，也将是永久的回忆。母亲生前总是把这本台历摆放在床头柜上，曾经还带给朋友看过多次，平时母亲也总是翻翻台历看看，直到半年前母亲去世，这本台历是我和母亲最好的纪念物，因为那美好的记忆也封存在台历里。这些美好的回忆与阴志明同志细腻周到、亲力亲为的工作分不开。因此，我没有理由不热爱、不喜欢、不参与这个集体活动，丰富多彩的退休生活既陶冶情操，又健康快乐。

在此，我要感谢阴志明同志，我母亲生前也多次提到要感谢阴志明同志。特别是我母亲病逝后，他亲自用自己并不富裕的工资给予我们家属精神上的慰藉。这样的老干部工作者到哪里去寻找。我们应该宣传这样的好干部，树标兵，学典型。

在写作中享受快乐

记得有一位老领导不止一次说过，"看一个人退休后的表现，便可知他在职时的状态"。2013年，我刚刚退休不久，心里还有些依恋警营，有一天突然接到分局老干部办公室阴志明同志的电话，让我参加"中国梦"主题征文活动，同时代表海淀分局参加市局组织的评选活动。我接到电话后十分兴奋、高兴、激动，但冷静下来后，我认识到只有认真准备选题构思，才能出好的作品。待我将作品交予阴志明同志后，他不厌其烦、默默地帮助我斟酌、修改、把关，然后再慎重上交给市局参加评选。谁知，我第一次参加市局主题征文活动，就荣获了三等奖。在发奖座谈会上，我深刻地体会到，是市局领导、分局领导给予我展示自己的平台，不是我的文章写得多好，而是老同志们给我机会让我尽早进入角色、进入老同志们的行列（因写作队伍大多为六七十岁）。因为2013年海淀分局已有九百多名离退休人员，不是每个人都有这样的机会，因此，我总是怀着感恩之心，感谢分局领导、感谢阴志明同志慧眼识才，让我能够老有所为，在有生之年为实现中华民族伟大复兴的中国梦做点贡献。

2015年夏天，我又有幸参加了"纪念中国人民抗日战争胜利70周年"主题征文活动。在写征文的日子里，我先后多次登上了古北口长城，亲临当年抗战的主战场，寻找烈士们的足迹，参观纪念馆、瞻望烈士纪念碑、翻阅大量资料等等。历时一个月左右，笔录尽万言，最后整理成稿。那种怀揣敬仰之心，在创作期间知难而进的日日夜夜，仍然历历在目。最后，圆满地完成了组织交给我的任务。不知克服了多少困难，炎炎夏日，在长城的山巅，不知多少汗水湿润了我的眼眶，创作出了《京都重镇——古北口》。2015年11月3日在小汤山公安局疗养院召开北京市公安局2015年度离退休干部信息调研工作总结表彰会，会上通报表彰了市局单位信息组织奖、信息员优秀奖和鼓励奖。其中,海淀分局获评"纪念中国人民抗日战争胜利70周年"和"展示阳光心态、体验美好生活、畅谈发展变化"主题征文活动组织奖,我获评优秀文章奖。在此,我要感谢市局的薛宪明等同志,是他们在百忙之中为我们校稿、整理出书,并报送北京市政法委参选,使之陆续在相关刊物上登载。

在发奖座谈会上,大家说我是征文专业户,确实,主题征文活动已成为我每年必做的事情。退休后还能做自己喜欢做又能做的事,是最大的乐趣。感谢阴志明同志一次次给我创作的机会,引领我拿起笔投入创作,鼓励我、激励我创作出好的作品,参加各种征文活动,把自己想要讲的故事写成文字、落在纸上,讲给他人听,为自己、为他人、为社会留下些有价值的东西,是善举,是功德。

老同志们的贴心人

一年一度的体检工作体现了分局党委对我们离退休人员的关怀,特别是海淀分局分管离退休人员的两位军转干部:孙宏飞、阴志明,每年通知到每一个人,直到体检结束,关心到每一个人,历时两个月。无论那位同志有病,他们总是第一时间赶到病床前慰问。

他们组织能力强,业务水平高,海淀公安分局老干部在市局组织的各项比赛中总是获得好成绩,比如书画展、摄影展、征文活动、乒乓球比赛等,这与他们的付出和努力是分不开的。2013年乒乓球比赛前夕,我有幸加入了球队,结交了很多球友老同志。他们顽强拼搏的精神使我受益匪浅,让我又看到了当年警界精英的风采。这些球友老同志,有五十多岁的,有六十多岁的,有七十多岁的,他们练球时不迟到也不偷懒,抓紧时间练球,非常

2013年北京市公安局离退休干部乒乓球比赛合影

认真。参加比赛时，无论在球技上，还是在服装上，我们海淀分局都没有输给其他分局，以较好的成绩圆满结束了比赛，在全局展现了海淀分局老干部的精神面貌。从组队、人员确定到参赛，十多天的时间，阴志明同志一直在老同志的身边跑来跑去，关心照顾，倾注了大量心血，将我们老同志推向了更高的平台，他是默默无闻的幕后英雄。

"老树春深更著花"，老有所为，是老同志的一种精神追求。生活在这样一个伟大的时代，响应党的号召，为党的事业增添正能量，是社会发展需要，也是老同志们的最大心愿。古人说：文章是"经国之大业，不朽之盛事"。平民百姓，特别是普通中老年人，一般不可能有干大事、创大业、治国理政的大境界。因此，我特别感谢市局、分局党委和阴志明同志，给了我一次次机会和平台，让我坚持提笔写文章，这既是我情感的释放、精神的寄托，也是提升自我、完善自我的一种修炼。

"莫道桑榆晚，为霞尚满天"！

6 生活随笔

2014年作者在怀柔宽沟

知道时间不可能停留,就没有必要伤春悲秋;
知道过去是始终存在的,就没有必要遮掩和炫耀;
知道美好总会到来,就要好好把握现在的每一刻。

2013 年在南非

生活随笔
再别古北御道

再别古北御道

[注：此文创作于 2015 年 9 月 22 日，特别感谢清风慕竹老师、赵嘉强老师（天津市公安局才子，天津市书法界佼佼者，著名书法家赵晋深之子）雅正]

轻轻的我走了，
正如我轻轻的来；
我轻轻的招手，
作别西天的云彩。
那静静的庭院，
是我们栖息的地方；
山谷里的美景，
巍峨的长城；
我时常依偎在他的怀抱。
蓝天、白云、明月、繁星，
常悬挂在院中；
向我招摇。
我愿隐于苑中，
读书、写字、品茗、赏景！
沉淀着彩虹似的梦。
寻梦？
我背上行囊，
向蟠龙、卧虎山峰攀登。
满载着一腔热血，
我在长城上放歌；

在山巅中起舞,

秋虫也在为我伴唱。

假日里的御道人家,

人声鼎沸,

欢声笑语。

来时,

是为了远离喧嚣的闹市;

别离,

是难舍的畅怀。

晨曦破晓、弯月挂西天,

悄悄的我走了。

福门落锁,留下的是收获;

带走的是泥土的芳香。

小别篁隐苑,

待到月圆时;

我又会悄悄的来。

篁隐苑

生活随笔
家中的小院

家中的小院

[注：此文创作于2011年夏]

北京城东北方向的密云，已成为国际绿色旅游区，我家小院就坐落在密云繁华商贸中心地段一个普通的住宅小区里。

野生牵牛花盛开的时节，是我家小院最美、最有诗意的季节。牵牛花别名喇叭花，当今已列入传统名花行列。牵牛花朴实无华，它没有牡丹的富贵，也没有君子兰的高雅，它生长在百姓家。每当夏季，牵牛花爬满了我家小院围挡的栏杆，有白色、粉色、红色、黄色、紫色的牵牛花，绿油油的枝叶衬托着盛开的牵牛花的娇艳，每一片花朵都像是一位美丽少女的笑脸，花朵饱满散发着芬芳的气息，绽放出姹紫嫣红的色彩。

每当外面下起小雨，我总会坐在阳台的摇篮里，望着窗外雨滴拍打着小院的牵牛花，雨水冲刷着小院的地面及大理石桌凳。雨丝在空中悬挂落地的节奏声，好像是一曲曲美妙的乐章。

如果说三十年前，家里有个小院乘凉、喝茶，那是太普通不过了。可是随着时代的发展进步，好像一夜之间，高楼大厦拔地而起，千城一面，混凝土"森林"取代了传统民居。

二十年前，那时我也像现在的年轻人一样，疯狂地奔走在市区内繁华的各家商场，逛街购物乐此不疲，挤公交、挤地铁。而现在，不知什么原因，也许是我的超前意识，当大家拼命地往市区里钻的时候，我却想尽快地躲开城市的喧闹，到一个宁静的环境中去，享受平淡、清静、安逸。特别是随着城市的扩大、

家中小院"爱晚亭"下母女情深

发展、城市病也越来越严重,交通拥堵、噪音污染、雾霾严重等等。城市里已不利于养老居住。总之,我的生活轨迹就是要远离闹市、远离喧嚣,寻找一个宁静的家园,我的脚步迈入了远郊区。

　　密云是生态县,也是北京城少有的一块净土,密云水库承载着北京最宝贵的饮用水资源,不能受到任何污染。一个偶然的时机我买下了密云中心地段的一处楼房,因为一楼送小院,并且这个小区是在密云最好的黄金地段,既是处在闹市区,购物、餐饮、银行、邮局一应俱全,道路交通非常的方便,而整个小区又是在闹中取静,是难得的一片净土,商

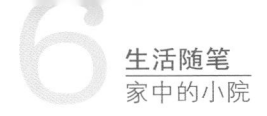

生活随笔
家中的小院

场离家很近,购物环境和市内的商场差不多,价格低,品种多,休闲场所也离家很近,潮白河两岸到处都是健身的人们。

小区内非常的安静,小区绿化很好。每栋楼前、楼后都种着不同的绿植,绿油油的草坪上点缀着造型各异的花草树木,养眼、休闲,就像是生活在一个大氧吧里,空气里散发着清新、甘甜、芳香的味道。夏天在密云家里开着窗户通风,不用空调、电扇,小区统一安装了太阳能,既环保,又节能,最主要的是还给自己节省了很多开支。我认为:花钱不多,我的生活质量却在提高,并且得到了很好的享受,而消费成本在降低。现在我非常的庆幸自己当初买房的果断,因为我要面临退休了,今后可以到密云安享后半生,过着衣食无忧、丰衣足食的美好生活,干一些自己喜欢的事情,平平淡淡、与世无争。此小院就是我的最爱,是退休后我养老生活的地方。小院外到处都是鸟语花香,这就是我的世外桃源。

窗外,月光如水,品一口浓茶,让淡淡的夜曲如流苏般弥漫,放飞心绪,今夜无眠,我在遐想未来。

后记:2015年春,我对小院进行了改造,原来的竹木护栏换成了铁艺栏杆,在栏杆外面种植了藤本月季,院里院外种植有很多不同品种的月季花。春芽吐翠,黑色的栏杆变成了绿色。每当花开时节,五颜六色,偶尔也会有野生牵牛花爬上栏杆,与月季花斗艳,这时的栏杆又变成了花墙。在小院东南角新建了一个小木亭,我给它命名为"爱晚亭",这里是我品茗、写作的好地方,亭外枣树、石榴树、紫薇、月季生长繁茂,春华秋实,树下绿草如茵、繁花似锦。小院给我的退休生活带来无尽的喜悦,每当步入小院,我的心情也像花儿一样……

生活就像品茶

[注：此文创作于2014年7月21日，微信分享]

你知道吗？在北京怀柔的慕田峪长城脚下有一片竹林，有文字注明是北京地区最北端成活的竹子。可我家门前这片小竹林经两年精心护理已顺利度过两个严冬，现在生长依然茂盛。古北口距慕田峪长城以北约80公里处，听小区居民说，我们家的竹子才是北京最北端成活的竹子，真是罕见，前几年小区也有栽种的，但没有成活。所以，邻居们说：你家的竹子给来古北口景区旅游的人们增添了一景，很多人都在这里留影。

"宁可食无肉，不可居无竹"。退休后的生活是与竹林作伴，品茗茶香，是清新淡雅的情怀，是从容淡定的心境。

人生需要规划，特别是退休后的生活更需要规划。奉劝还工作在岗位上的朋友们，面对退休一定要有心理准备。退休后的生活怎样过，千万不要回到家后发呆、感慨！生活是丰富多彩的，可以看书、写作、旅游、照顾老人、家庭、孩子……

退休后的生活水准，取决于你前半生的努力。退休后的生活质量、快乐与否能看出一个人的精神状态和良好的修养。但是一个人幸福不幸福、快乐不快乐跟钱没有太大的关系。的确，没钱是万万不能的，可是钱也不是万能的。所以，一定要有个人兴趣爱好和追求，生活质量才能提高。

特别是女人，一定要有自己的财富。比如：经济要独立，最好有自己的房产、汽车等等。所以，女人的贬值，不是年龄的贬值，是自我身价与姿态的贬值；一个女人的衰老不是容颜

6 生活随笔
生活就像品茶

大门东侧的小竹林一角

的衰老,是进取心的衰老;一个女人的不自信,不是自卑心作怪,是过于贬低自己不相信自己。其实我可以不依靠别人也会活得很好。岁月告诉我们很多事,长得好只是青春资本,女人的资本是自身的历练和能力,这是生存之本!

以上是我个人的感受、感想、感悟。切记:先生、孩子永远都是我们的朋友!不是你的私有财产,他们属于社会和国家。

光荣退休勋章

写作的乐趣

[注：此文创作于2014年6月10日，微信分享]

每当清晨、午后在院子里，写字台前提笔写作时，我都感到幸福、快乐。特别是在夜深人静时，写作是件快乐的事。

前一段时间，我们海淀分局组织老干部去野鸭湖游玩，回来后，我写了一篇"耄耋老人，鹤发童心"的文章，没有想到受到分局、市局主管老干部领导们的好评，并报送北京市政法委，准备在各种刊物及首都公安报上发表和刊登。

我深知自己在战友和同事们之中不是最优秀的，但我是最勤奋的，也是比较幸运的！当然，我的勤奋换来了我今天的成绩。

我的战友们在各自的领域里都很有成就，很多战友文笔也非常好，她们也是常年笔耕不辍，但她们受各种因素制约，没能完全发挥出来。而我身在海淀分局，紧邻中关村高科技园区，守着八大院校，海淀分局非常注重文化、宣传工作，近水楼台先得月，我也是受益者。

我少小当兵，40多岁才开始写作，没有接受过系统的学习

  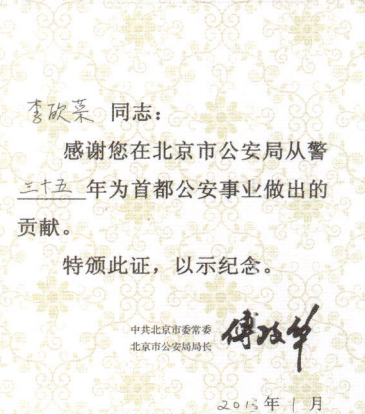

荣退休证

和培训，全凭着激情和灵感，还有就是生活的阅历和积累。谁知我每次参加市局、分局、区里及地区的各种征文比赛时，都能幸运地获奖，并刊登在市局、分局的杂志、公安报、网络上。可又有谁知道，我每次投稿前都无数次的修改，连一个标点符号都不允许出错。所以，每次获奖都激励我努力学习。平时夜以继日、挑灯夜战、勤奋苦读已是我的习惯。特别是灵感来了，无论是深夜零时，还是清晨四五点钟我都会起来动笔，记录下这宝贵的真情实感，然后再仔细整理、修改。

特别是退休后，参加"中国梦"的征文活动，分局、市局领导给了我很高的评价和荣誉，现在又给了我这么好的平台，让我成为了北京市政法委老干部信息通讯员、老公安通讯报导员、老干部通讯报导员，首都公安报也多次与我约稿，使我激动万分。在此，我要感谢党组织和市局、分局领导对我的培养。所以，我愿意在退休后的日子里，继续拿起笔挥洒我的热情，歌颂我们的公安前辈、歌颂我们的警营精英、歌颂我们普普通通的公安民警们……

华东三省漫游随笔

［注：石景山区老干部局组织活动，陪同母亲旅游］

2008年4月8日21：36

　　随着一声汽笛的长鸣，列车从北京站徐徐开启，华东游的帷幕从此拉开。

2008年4月9日13：13

　　第一站扬州到了，扬州这座城市是"历史文化名城"，并且非常的干净，真是名不虚传，城市规划控制得非常好，老城区几乎看不到高楼大厦，新建的房子非常时尚，充满了时代气息，而老城风貌又能反映出扬州悠久的历史文化。扬州火车站刚建好没几年，火车上的变化也很大（我已四年没有坐火车了），卫生间的空间变大了，洗漱的条件也改善了，打热水非常的安全方便，不像以前热水炉容易烫伤人，也更加人性化了，火车也在不断地提速。总之，时代在发展，人类在变化，行万里路，读万卷书。

2008年4月9日15：32

　　我们游览了扬州的瘦西湖，瘦西湖真的很美，这里既有江南园林的秀丽，又有北方园林的大气。各种盛开的花草（郁金香等花展规模一点不亚于北京植物园），特别是风格各异的二十四桥，令人流连忘返。瘦西湖美，美在其"瘦"，它就像位江南美女——婀娜多姿。

2008年4月9日16：24

　　旅游团里的这些老干部，过去都是各个单位的局长或处以上领导干部，可是一出来旅游，个个都像孩子，很多人在旅游

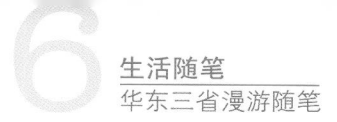

生活随笔
华东三省漫游随笔

景点买个带电池可以发声的布艺鸭子,在车厢里玩的那叫一个开心,他们老同志都问我要不要,我说不要,我在静静地观察他们旅途中开心的样子。

2008 年 4 月 10 日 10∶08

马路上,车队像长龙一样,几分钟后,我们的车就驶过长江大桥,已经到了江南,公路两边盛开着金黄色的油菜花和各种绿色的树木及植被,一路上使人心旷神怡。

上午我们在镇江游览,游览金山寺慈寿塔和金山四大名洞(法海洞、白蛇洞、朝阳洞、仙人洞),聆听白娘子和许仙唯美的爱情传说。

午饭后我们去中国第一水乡——周庄。观赏明清时期的建筑,感受如诗如画的水乡风情与其悠久的历史和丰厚的文化蕴涵。去年 12 月份我来过周庄,感觉不错,隔了三个月我又故地重游,我想这次会对周庄有全新的认识和了解。"好书百看不厌,好地方百去不烦"。

2008 年 4 月 10 日 16∶24

下午游览到了苏州,苏州的变迁很大,但是古城破坏严重,既没有现代化都市的风采,也失去了原有小桥流水人家的风格,城市缺乏整体规划,令人失望。

2008 年 4 月 10 日 21∶08

周庄的夜景非常的美,白天的游人已离去,周庄又恢复了夜晚的平静,又见到了小桥流水人家,特别是两岸的酒家挂着不同风格的红灯笼倒影在水面,恰似一片灯的海洋。周庄夜景迷人,在楼阁上观赏,似世外桃园,似人间仙境。再配上当地的美味佳肴，特别是周庄的猪肘名声在外，让游人吃得满嘴流油，心花怒放，流连忘返，好想时间停留在此。去年冬天我从寒冷的北方来到周庄，因为是在白天游览，没有享受到这良辰美景，所以留有太多的遗憾，今天我们借着奥运的春风故地重游，享受美食、美景，留下的是脚印，带回去的是希望、梦想！今天撒下了春天的种子，秋天就会有硕果累累的收获。

2008年4月11日 10：00

窗外，春雨绵绵，我们乘车前往杭州著名的西湖风景区，一路狂堵，比北京的路况还要糟糕，有过之而无不及，但是北京堵车时，周围的环境是物干人燥；在杭州堵车，周围是满目春色，呼吸湿润的空气非常舒服，绿色的树木和植被让人视觉很是享受。一路拥堵，终于到了西湖，此时雨也停了，我们真是有福之人啊！预定好的西湖游船早已到码头等待我们。

2008年4月11日 13：05

下午乘船游览了中外著名的西湖，置身苏堤春晓，观三潭印月，只可惜今天的天气不好，整个西湖水面雾蒙蒙，二十二年前我在西湖度蜜月，那时的苏杭是人间天堂，现在二十多年过去了，没有了当初的幸福感觉，因为二十多年已物是人非。谁知吉人天相，下船拍照时雾消云散，天空晴朗，还真不虚此行，在西湖边留下了很多美好的倩影。吃完午饭我们就去喝茶，当然是杭州的西湖龙井哟。

2008年4月11日 15：23

杭州是资源丰富、人杰地灵的一座城市，天时地利人和，风景秀丽、空气清新、气候宜人。但杭州的房价也高得吓人，钱塘江附近的房价每平方米已超过4万元（2008年）。

2008年4月12日 10:00

今天向千岛湖进军，感受一下千岛碧水画中游的意境。第一站去了蛇岛，其次是鸵鸟岛，最后是梅峰岛，梅峰岛位于千岛湖中心湖区，景观和生态环境绝佳，岛上有万枝梅海，风景奇观，美不胜收。

千岛湖顾名思义，岛屿多，我们游览了蛇岛，观看了各种与蛇有关的表演，其中有一个小伙子和蛇接吻表演，也有一个女子与蛇共舞的表演，还有一个原始部落的火焰舞，这些表演令人惊叹不已、大开眼界。

梅峰是千岛湖里非常重要的一个景点，因为登上梅峰看到的风景也是千岛湖最著名的风景，也是最有代表性的景观。鸵鸟岛当然是鸵鸟的乐园，可以喂鸵鸟并和鸵鸟照相，还可以吃鸵鸟蛋做的各种食品，千岛湖的确很美。收获颇丰，感觉像在人间仙境。

2008年4月13日 9:00

今天游览黄山，尽管是坐缆车，还是非常辛苦的，要知道这些老干部最年长的八十多岁，还有几位七十多岁的，年龄最小的是六十三岁，有子女陪同的就我一个，有老伴儿陪同的、也有带自己姐妹的，但是我的出现，解决了老干部局工作人员的后顾之忧，也帮了导游的忙，因为坐缆车排队的人员已有好几千人，要按顺序排队必须等一个半小时以上，当时我心疼妈妈，就去找到黄山管理处工作人员说明情况，帮助老干部们解决了排队之苦（让老干部们优先坐上了缆车，很多老同志及老干部局的工作人员都对我竖起了大拇指）。到了迎客松照了几张相后，这些老同志们休息片刻，我就陪妈妈坐缆车下山了，楼梯很陡，对于70多岁的老人来讲，真是不容易的事情，我妈妈和这些老同志一路上不断得到年轻人的赞赏。黄山尽管很俊美，风光无限好，可是人太多，也真是美中不足的憾事。

2008年4月14日 10：00

今天参观了著名的"画中村"，过去在中国画中看到过的乡村——安徽宏村，了解了我国徽州文化和历史，美丽的宏村，有诗来描述："宏村南湖岸边，明清民居成片，家家碧水弯弯，卧牛跃马峦山"。这里有很多美院的学生在此写生，我也留下了很多摄影作品。这里的风景美不胜收。

2008年4月14日 15：34

都说宏村比周庄好，宏村比周庄更有诗情画意，宏村淳朴，周庄已带有铜臭味，商业气息太浓。都说在国内走得越远越爱国，因为感受到祖国的大好河山如此壮观，很多景区不仅风光秀丽，是旅游的圣地，也是接受爱国主义教育的重要场所。

2008年4月15日 9：30

我和妈妈刚刚吃完自助早餐，别人早已吃完饭逛街去了，这是在合肥，由于昨天晚上才到的，对这个城市还没有什么感觉，下午17：20的飞机，晚19：05到北京，合肥是包公的故里，下午参观包公祠。

2008年4月15日 17：05

合肥这个城市比较老旧，与很多省会城市相比是比较落后的，逍遥津公园非常的小，就和北京的区级公园大小差不多，

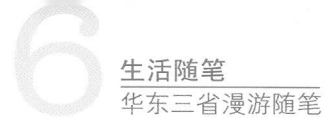

包公祠也不大,但包公刚正不阿的执法精神却给我留下深刻的印象。我们15:30到机场,合肥的机场非常的小,就像是个客栈,新机场正在建设中。不过合肥的住宿和餐饮还是不错的,餐饮比较讲究色香味。昨天傍晚最后聚餐,这些老同志个个能吃能喝,包括我妈妈。后来大家做足疗,喝蛇酒,我妈妈喝了3小杯,我也喝了1小杯,脸就红了,我妈妈没事,大家都佩服这些老同志,食量酒量不减当年,特别能战斗。现在是18:45,我们已登机,再见了,合肥,北京见。我们将结束愉快的旅途!谢谢你一路倾听我的诉说,都是个人拙见,请大家指教。

"重阳节"你尽孝了吗？

[注：此文创作于2015年10月21日，微信分享]

饭店送的重阳节小礼物

刚下书法课，我驾车一路狂奔，去接父母吃中午饭，这家饭店是我经常光顾的，所以，刚刚走进饭店一会儿，大堂经理就给我的父母送去了"重阳节"的礼物，父母收到礼物很惊喜！我们对饭店的热情服务很满意。

饭后，我开车带着父母到香山转了一圈。回来的路上，我又带父母到"西山国家森林公园"里转了一大圈。由于这是我们所的辖地，我开车进入园区，顺着山路一路直上，我是第一次开车上山，车越走我的腿越软（不知道山上的路怎样），另外，我的车只有一个格的油了，我真怕到山顶上车没油了，可我老爸嘴里总是说："往上开吧，没事"，说实话："我想返回了"，我开玩笑说："如果没油了，就只有打110了"。我老爸说："不用，没油了，就给你哥哥打电话（因为我哥哥的医院就在附近），让他送油来"。

上山的路上我提心吊胆，终于我的车开到了山顶上一个风景秀丽的地方（新建的亭子和景点），父母下车转了一下，休息片刻功夫，我们就原路返回，下山一路顺风。尽管我的内心复杂，可看到父母高兴的样子，我好像完成了一项非常重要的任务。

生活随笔
"重阳节"你尽孝了吗？

一路上老爸多次和老妈说："今天你登高望远了吧，如你心愿了吧"，我也随口说："游人在山下看到的只是几片红叶，咱们在山顶看到的是满山遍野的红叶。

的确，在山顶和崎岖的盘山路上可以饱览美丽壮观的北京城。"重阳节"父母开心了，又登高望远了，尽管一路上我担惊受怕，现在想想这又算什么，也算我对父母的一片"孝心"吧。

今天我做得很好

[注：此文创作于2015年5月28日，微信分享]

平时我很少管父母，因为哥哥、嫂子都是医生，也是父母唯一的儿子，所以，这个重担就由哥嫂承担了，爸妈总说我没有家庭观念，我行我素惯了。

昨天下午，我和妈妈通话，得知我嫂子的母亲去世了，今天早晨6点钟火化，哥哥不让我们去参加，因父母岁数大了。

我怕父母难受，心情不好，受惊吓。所以，今天我特意带上老妈出来散心（老爸在家坚守，等待他们回来），我开着车带着老妈回到了密云，这是我密云家中小院修完"亭子"老妈第一次光临。

中午，我带着老妈吃的石锅鱼（乌江鱼），下午休息。傍晚，我开着车带着老妈到密云水库兜风，在那里吃的晚饭，一天的活动结束了，老妈非常的高兴，心里的阴霾已消失，现在已休息。

其实，一年前妈妈的眼睛做了手术，一直都没有恢复好，视力也在一天天下降，行动也不是很方便，我们做儿女的就应挤出更多的时间给予他们关心和照顾。

"北京市优秀记账家庭"获奖证书（注：感谢妈妈的培养教育）

感谢妈妈

[注：此文创作于2015年5月29日，微信分享]

小院的亭子里摆满了水果，朋友们，这些水果都是邻居送的，当邻居看到我妈妈来了，不一会儿就送来了水果，让我很惊喜（当然我们平时相处得很好），这可能就是密云人民的朴实无华吧。妈妈看到我和邻里关系相处得很好，她从心里高兴，同时也很欣慰。妈妈总说，远亲不如近邻。

我要感谢妈妈，昨晚妈妈和我住在了密云，就是这个安静的夜晚，妈妈的陪伴让我的内心如此平静。所以，凌晨4点我在床上写完了《纪念抗日战争胜利70周年》征文文章，其实在我的脑海里早有腹稿、储存很久了，一直都不能静下心来起草，看来有妈的孩子就是好，我都50多岁的人了，守着妈妈，心是如此的平静……

早晨写完稿，我又开始睡觉，睡得那么的香甜，感谢妈妈的陪伴。

生活随笔
"重阳节"你尽孝了吗？

冰皮雪榴莲

[注：此文创作于2016年2月23日，微信分享]

"榴莲"是水果之王，也是我妈妈最爱吃的水果之一，每当我们走进"广式茶餐厅"点"冰皮雪榴莲"这道甜点时，我就不自觉地想起了妈妈。特别是这里的美食很多都是我妈妈最爱吃的，当看到这些熟悉的美食上桌，每吃一样，都会勾起我对妈妈的思念之情。

好在妈妈健在时，我常常陪着她老人家到这些餐厅就餐，或者打包给妈妈带回家中，如今回头看看，做女儿的也没有留下太多的遗憾！

过节了，家中有老人的朋友们多多陪伴家人吧。古人云："父母在，不远游"，趁着父母健在，抓紧时间陪伴。别等父母双亲仙去之时，再来追忆和忏悔。

2013年我和母亲在长春影视城

雪花飘洒的爱

——我在妈妈生命最后一段时间的心语

[注：此文创作于 2015 年 11 月 17 日，微信分享]

在雪花飞舞的日子里，带给人们无限遐想……

漫天飞雪的美好时刻，我的妈妈奇迹般地睁开了双眼，恢复了自主呼吸，生命体征恢复正常（五天五夜重度昏迷）。但谁又能知道，这是妈妈割舍不下我们，集中了生命中的全部能量，回来再看亲人一眼的"回光返照"现象，我并不迷信，但这种逝前的生命特征，有待科学证明。

在住院第五天的下午，我在医院重症监护室看到妈妈的眼睛、眉毛有小小的、细微的变化，我当时激动得破涕为笑，眼里含着泪水，嘴角挂着微笑，这种感受只有经历的人才能懂得！

几天来，我和爸爸、哥哥，不知流了多少泪水，用我们的爱唤醒我们最亲的人！当我妈妈睁开双眼，有自主呼吸时，我们全家人都激动不已，高兴得无法用言语表达。

一天、两天、三天过去了，第四天时还没有自主呼吸。此时，我们家人都快崩溃了，但是，我们从不放弃对妈妈的抢救与治疗。我们也做好了各种准备。目前，我们只有用亲人的爱，用亲人的真情一次次地呼唤着妈妈。泪水多次流淌在妈妈的脸上，妈妈被亲人们一次次呼唤着……

看来"爱的力量"是巨大无比的，"坚持就是胜利"，这句话永远都是真理。把生命踩在脚下，你才会站得更高。生命就是一次次蜕变的过程，唯有经历各种各样的挑战，才能增加

生活随笔
雪花飘洒的爱

生命的厚度。一个人的成长过程,恰似蝴蝶破茧的过程,在痛苦的挣扎中,意志得到锻炼,力量得到加强,心智得到提高,生命在痛苦中得到升华。当你从痛苦中走出来时,就会发现,你已经拥有了飞翔的力量!

[注:此文创作于 2015 年 11 月 21 日,微信分享]

这个初冬景色很美,可我的内心很痛(因为妈妈病得很重),在此,感谢朋友们的关心!这几天总能收到朋友们的短信、微信的问候和关心,我非常感谢朋友们!

知道吗?我每天都盼望着下午 3 点钟快快到来(医院重症监护室探视时间)。

"妈妈,我来了,我是欣荣",撕心裂肺的哭声,让我无法自拔。以前,我们总是在影视剧里看到的场面,没有想到在我的生活里,在我的生命中也会多次出现这种场景。"妈妈"对于我们每个人都是生命中最亲的那个人,"妈妈"是生命中最神圣、也是最无私的那个人!只有经历过的人才能更懂!

在此,我衷心希望有妈妈的人们,抓紧时间多去陪陪爸妈,千万不要等到妈妈在病床前再……

[注:此文创作于 2015 年 12 月 13 日,微信分享]

"一二零八大雾弥漫,时雪时雨,一位好人离去;航天医院一片悲声,苍天也在哭。

董太驾鹤西去,万安永垂!

新景欣荣忍痛,宝山再送一程,母贤子孝,关心华老,老父健康,全家幸福!"

2015 年 12 月 9 日,惊悉母亲仙逝,清风慕竹老师发给我唁电，非常感人，特录于此。

安息吧！妈妈。

虽然妈妈已到古稀之年，还是觉得她老人家走得太匆忙，留给儿女陪伴老人安度晚年的时光太少。重新回首与母亲的点点滴滴，已成往事，有时仍然彻夜辗转难眠，有时会从梦中惊醒。好几次想掷笔作罢。但是，我还是要留一些史料给后人。

墓碑采用的是挪威进口的大理石，墓址坐落在风景秀丽的景区周边，紧临著名的玉泉山、北京植物园及香山，妈妈长眠于此，与李大钊烈士陵园同在一个墓园。这里离妈妈生前的住所也很近，所以，我和爸爸、哥哥为妈妈精心挑选了她最后的归宿。妈妈：我们会常来看您！

雪花漫天飞舞，就像仙女散花一样，把花瓣洒给了您……

2016 年

年，
就这样，
隆重而来，
悄然而去。
一年又一年，
丰富了记忆，苍老了容颜；
迎来了春光，送走了冬寒。
一年又一年，
期盼中载满祝福，
愿望中满是平安。
一年又一年，
我们从孩童走进中年，
从中年又走进老年，
理想从丰满走向骨感。
一年又一年，
不必感慨也不必抱怨，
最好的皆是顺其自然。
一年又一年，
感恩生活也珍惜遇见，
执着努力亦随遇而安！
2016 年来了，
愿我们在新的一年中，健康快乐平安！

后记

回顾在军营、警营耕耘的三十五载，苦甜交织。

甜者，文章获奖，作品问世，薄誉所及，倍感欣慰。莎士比亚曾说过："书是全世界的营养品"。我从喜欢读书到喜欢写作，从古人圣贤、仁人志士那里吸取丰富的知识和思想营养，从实践中感悟人生，从万物中再次吸收精神上的营养，我把这些营养转化成思想的火花和文字的灵感，悦人悦己，对岁月予以深情的回赠。

苦者，写作需要顽强的毅力和拼搏的精神，本身就是个苦差事。自开始写作，我就没休过完整的假期，更没看过完整的电视剧，有时夜间睡觉有了灵感，也会毫不犹豫地起床记录。特别是狂补各方面的知识需要大量的时间和精力，但只要爱好，我是能苦中作乐的人。

《晴雪文集》一书从组稿、编排、校对，用了三个多月的时间，整理出50余篇文章。本人是从2007年开始写作，当时已45岁了，历时9年的时间畅游在文字的海洋，随时捡拾生活中的美好碎片，袖手于前，疾书于后，凝练成带有情感的文字，不仅充实了自己的生活，也在写作中享受了快乐。

首先，我要感谢本书的策划主编清风慕竹老师，在成书过程中他无论从精神上，还是物质上都给予我难能可贵的支持和帮助，特别是在平时的写作、创作之中，清风慕竹老师经常给予我好的建议，让我的创作思路清晰，下笔方能流畅。写作促使我养成了良好的观察力、分析能力和敏锐的洞察力，让我的视野更加宽广，创作领域不断地延伸和拓展，特别是开始练习书法、摄影时，感谢清风慕竹老师给予我的莫大帮助和支持。

感谢责任编辑章曲老师，从整理书稿、编排、校对到成书，倾注了大量的业余时间与精力，付出了心血与智慧，令我感动，特此表示感谢。

感谢战友肖晨莲女士，一路相伴，我们从战友情到姐妹情，她给予我亲人一样的关心、帮助、鼓励和支持，是她影响了我，并带动我走上写作之路。

感谢马述宽老师（北京军区原政治部副主任、少将，现北京军区老干部大学副校长，我们的书法授课老师）在百忙之中为我题写书名，并题字激励我的人生。感谢山野老师、战友赵沙和著名书法家刘玉声老师在百忙中为我的文集题词添彩。

我更要感谢北京市公安局海淀分局的领导及阴志明同志，感谢北京市公安局老干部处的领导和同志们，是他们在我退休后给了我一次次参与创作的机会，并在这几年中多次获奖，没有他们的支持和帮助，是不会有我今天的成绩和收获的。在《晴雪文集》付梓之际，一并表示感谢。

此书作为个人文集，是我人生中给出的第一份答卷。本人今后将继续努力、笔耕不辍，弘扬中国文化，传播正能量。然成书仓促，由于本人水平有限，如有瑕疵纰漏之处，还望朋友们给予谅解并提出宝贵意见。

谨以此书献给所有关心和爱护我的亲人、朋友们！

西山晴雪
2016年6月18日于香山